愛在雪花飄揚時

梅洛琳 著

初見時的悸動，再見時的感動
在一片冰天雪地中，唯有你和我
緊緊握住彼此的手，約好了永遠不分離

崧燁文化

目錄

目錄

第一章

下雨了。

濛濛細雨將窗外分割成許多世界，像是無數塊流動的拼圖，盡是一片茫茫，雨水打在毛窗上更是迷離，就算將窗戶關上，寒意仍滲了進來。

「哈啾！」

正在桌前看書的男孩打了個噴嚏，門倏的被打開，緊接著一個大驚小怪的聲音響起：

「怎麼了？怎麼了？」

「什麼怎麼了？」紀初平看著有著和他形似臉蛋的女孩，正睜著一雙大眼看著他。

「你是不是又感冒了？」

「沒有啊！」他拉拉身上的薄外套。

第一章

「你不是在打噴嚏？」

「只不過是一個噴嚏，沒什麼啦！」初平好笑的看著她，佳純雖然是他的妹妹，卻比他們的母親更加雞婆……呃，不，是關心。

沒辦法，誰叫他生來身子骨弱，只要天氣一有變化，光看他的身體反應就知道，隨著氣候的寒暖報曉，一年三百六十五天有三百天在醫藥的日子中度過，直至年紀漸長，才慢慢健朗，不過卻是在食補藥補的滋補下撐起的。

所以許多時候，他很羨慕佳純，她能跑能跳、能走能玩，就算這個時候只穿著短袖，依然能滿頭大汗。

「你確定？」

「沒事啦！妳不要大驚小怪，還有妳不要跟媽還有黃姨講，免得她們擔心。」黃姨是他們家的管家，對這個自小體弱多病的少爺也是十分疼寵，幾乎等於他們的第二個媽了。

「可是……」

「都說了我沒事嘛！」他蹙起眉頭。見他一臉不耐煩，佳純只好道：

「好了，我知道了。」

他鬆了口氣，要是給媽跟黃姨知道的話，那兩個稍有點風吹草動就大驚小怪的女人，肯定搞得草木皆兵，明明才初秋的天氣，可能就冬被、暖爐全搬進他的房間了。

「那我先進房間去了，下禮拜要考試，我要先準備一下。」佳純說著走回房間，初平也吁了口氣。

活了快二十個年頭，他始終覺得自己是個無法長大的小孩，不論是身體還是心靈，都因為困在溫暖的城堡而沒有長進，就連學業也是半自修完成的。他的求學路途比別人多了好幾年，原則上兩年前就應該考上大學的，卻一直拖到今年。一切都是因為他的身體的關係。

第一次考高中的時候，他熬夜讀書，結果足足病了半個月，那一年高中當然考得奇慘無比；等到要考大學時，一下媽咪要他多休息、一下黃姨拿著補藥硬逼著他喝，耽誤他不少時間，那一年也不用說，連個吊車尾的資格都沒有。

其他的時候更不用說，親情的關懷固然溫暖，卻也是個負擔。

什麼時候，他才能踏出這個房間、這個家裡，離開這扇只看得到陰雨的窗戶，踏入另外一個也許是豔陽高照、熱情四溢的海邊；也許是熾熱高溫、蚊蠅肆虐的熱帶雨林；也許是冰涼沁骨、霜雪紛飛的世界……

※　※　※

潔白的衣裳擺脫地心引力的控制，在空中飄浮輕舞，圍繞住一個白色人影。透過光線的照射，顯而易見的是個女子。

奇妙的是，女子本身像是個發光體，從頭到尾都散發出柔和而舒適的光茫，讓她整個人浸淫在光輝中，不僅白得晶瑩、白得剔透，整個人幾乎是透明的，要從光線的折射才看得出她的形態。

女子朝著蓊鬱的森林飛去，速度上不受限制。在藍天白雲的籠罩之中，飛行是件逍遙的事。

除了她之外，能在空中飛行的不在少數，就像迎面而來的一名長髮男孩一樣，男孩也是全身通白，但比起女孩而言，又略遜一籌。

「雪精靈，妳來了啊？長老正在等妳。」男孩一頭狂亂的長髮在風中飛揚，看到她隨即打著招呼。

「是嗎?那我再快一點。」雪精靈以更快的速度飛了過去。

是的，這裡不屬於人間，是精靈界。

除了人類之外，不論是何種生物，甚至植物，都有著他們的精神在。他們有思想、有呼吸、有活動，自成一方世界。縱然數千年前人界與異世界脫離，整個宇宙的運行仍有關係。

而精靈界和人界最大的不同是，它保持了原始的自然，能活到千年以上的樹木不算稀奇，色類繁多的花朵絕非人界可比擬，更不用說還有許多只能在書中看到的生物，像是獨角獸就自由自在的在森林裡奔跑呢!

雪精靈來到了森林中央，那裡有一塊巨石，是個極為明顯的目標。此刻一名長髮長眉長鬚，穿著一襲灰衫的老人拄著拐杖，正坐在石頭上沉思。

他的臉孔被眉鬚遮住泰半，看不到眉後的眼睛及臉上的刻痕，氣度恢弘無法忽視。

「長老。」雪精靈在他面前落了下來。

「雪花，妳來了。」

第一章

「長老找我有什麼事嗎？」雪花住在精靈界的北邊，若非有事，難得到精靈界的中心點來，所以雪花才有此一問。

「妳跟我來。」

雪花跟著長老到達一棵巨大的櫸樹前，那櫸樹之大需要十多個人圍起來才抱得住，所以樹中間的洞穴也十分寬敞，這裡是長老的住所，櫸木的年紀更甚於長老了。

「妳知道星光體嗎？」

「知道一點點。」她的年紀還不足以清楚遠久的歷史，又長年住在冰冷的北國，有些訊息來得遙遠又模糊。

「當初人界和精靈界因天體的變化而分開的時候，我們的星光體意外的落在人界，使得人性在貪婪、欲望、狂妄、破壞之外，還保存著良善、溫柔、慈悲、同情等特質，所以才暫時讓它留在人間。」長老解釋著星光體的力量。

「我明白，聽說星光體是我們世界的中心力量，維繫著我們世界的平衡，可是長老，既然它是如此重要，落在人界，那我們世界怎麼辦？」她提出疑問。

「那是因為精靈界的精靈仍擁有著自然的力量，以自身的能力維持著世界的平衡，不似人界，逐漸脫離宇宙、違背天理。」

「那人界怎麼辦？」雪花擔憂起來。

「如果人界注定要毀滅，那也不是我們所能掌控的。所以現在我們要做的，就是把星光體找回來。這個任務，就交給妳了。」

「啊？」雪花嚇了一跳，說話結結巴巴起來：

「這、這麼重大的任務……我、我擔當得起嗎？」拿回星光體聽起來是個極神聖的任務，長老怎麼會派她？

「妳不用緊張，我已經找到星光體的下落，現在只是託妳把它拿回來。」

「為什麼是我？其他的精靈不行嗎？」她仍有疑慮。

「這件事我並不打算讓太多精靈知道，免得引起不必要的枝節。」尤其雪花居住在北國，向來少與別的精靈接觸。「譬如天界的天使就希望星光體能繼續留在人界，替墮落的靈魂盡點棉薄之力。不過……我們有我們的考量。」自家的東西怎能流落他方呢？

第一章

雪花一聽，放下了心，不過仍有疑慮：

「長老，那如果把星光體拿回來了的話，人界怎麼辦？」美好的特質全被拿回來了，那人類呢？

「這些美好的特質，人性之中也存在著，星光體的存在，只是讓它們更強化而已，不過若是人類要自強的話，還是要靠他們自己本身的修為，光靠外在的力量是不夠的。我也是經過深思熟慮之後，才計劃把星光體拿回來。」

既然長老都這麼說了，雪花也沒有顧忌了，照長老講的，她只要到人界，將星光體拿回來，就沒事了。

事情……應該不會太困難。

※　　※　　※

這幾天還是在下雨，縱然多麼渴望能呼吸點乾爽的空氣，天空還是作對，紀初平只好認命了。

由於被限制條件出門，初平大部分時間都在家裡，最大的娛樂就是看各種不同的書籍，除了閱讀之外，聽音樂也是待在家裡的選擇。

在長夜漫漫而又啃完了所借的書藉，CD的唱盤也走到最後，而窗外的雨勢還在滴滴答答下著，紀初平發呆了好一會，看了一下時間——哇！快十二點了，已經超過規定的時間了。

他站起身，關上檯燈，爬向床鋪開始睡覺。良好的作息才能保持身體健康，他盡量遵守，免得帶給他人太多困擾，不過有時候還是會不小心逾時，只要他的身體不出狀況就好。

窗外的雨聲成為最佳的交響曲，再加上剛才看書看得有些疲勞，他很快就要陷入夢鄉——

他不是關燈了嗎？為什麼突然變亮？

紀初平不想去探個究竟，他的睏意已逐漸濃厚——但是房間的溫度似乎又降下了幾度，他的身體打了個哆嗦。

不明白為什麼會有這種感覺？像是一股奇異的風吹過身體，他的頭腦、身體全都感受到震動，精神如遇洗滌，嶄新的感覺充斥，他整個人驚醒過來。

於是，就看到了前所未有的景象。

第一章

猶如落到另一個世界，眼前的景象讓他過於震撼，忘了所處何處，就連呼吸也屏住了。

那是一個雪白的女子，似是冰肌玉骨仍嫌不夠，她的眉毛、她的頭髮都是白色的，她的白色有不同的層次，給予了色彩新生命，讓她在精緻的五官之外，到達美麗的新世界。

而她身邊還散發著細碎的光芒，像是白色的螢火蟲漫天飛舞，而她又飄浮在空中——顯而易見的，她不屬於這個人間。

而他所有的只是震撼、感動，震懾於眼前的美景，脫口而出：

「天使！」

「不，我不是天使，我是雪精靈。」雪花脫口而出。

雖然訝異於眼前的男子看到了她，雪花卻不感到驚惶，這名人界男子爾雅、溫文，有股沉穩的氣質，雖然瘦了點，但那雙深邃的眼裡，有著令人心安的清明和煦。

縱然明白該對人類保持警戒，但她卻無法對他釋出敵意，心頭反而湧出奇異的騷動，而心之所動，身旁的白光隨之閃爍，讓她更顯得夢幻。

「精靈……雪精靈？」初平口中喃喃唸著，不自覺的站了起來。

他在做夢嗎？可是又不像，室內的低溫刺激著他的皮膚，她的五官是如此清晰，不，不要是夢。

雪花不明白自己的情緒，讓人界的人發現她十分不妥，她應該害怕會引起騷動，他也應該對未知的生物感到恐懼。可是他什麼異樣感都沒有，反而直勾勾的看著她。

他的眼神熱切、充滿渴望，無論如何，他是沒有侵略性的。

「你……看得到我？」她大膽而疑惑的開口。

「為什麼看不到？」紀初平反問。如果可以讓他碰觸到她，是不是能夠肯定這是事實？可是……他又怕他的魯莽會破壞眼前的一切。

「應該是看不到的呀！我明明讓人類看不到我了呀……」她低喃，不知道怎麼會出錯。

「可是我看到了呀！」

雪花不知道要怎麼回答？她本來計劃悄悄的來，取走了星光體後悄悄的走，沒想到卻被發現了。

而且，星光體在他的體內。

該在這裡和他對視？還是就無所顧忌，直接將星光體從他體內摘除，然後就可以回去交差了。

而在摘除星光體後，與它共存的宿主的生命，也會隨之死亡。

這是宿主的宿命。

即使從長老的口中知道這一切，然而現在她就出現在宿主面前，要她動手取出星光體，無異是扼殺他的生命，她突然感到不忍……

「你不害怕嗎？」他們談話如此和平，像是多年不見的好朋友，沒有生物種類的隔閡。

「害怕？為什麼？」他驚訝的反問。

「我是精靈，而你是人類呀！」

「那又怎麼樣，妳會害我嗎？」

雪花沒有說話，她不想傷害他，也不想騙他。

而初平根本不相信這麼美麗的精靈會傷害他，若要傷害，也早就下手了。他的心早被她的出現而占據，根本沒空去思索其他。

「為什麼相信我？」

「不知道，就是……很放心、很安心。我一定要提防妳嗎？」他的反問讓她無所適從。

「也許你不該……這樣子的。」他的善良令她愧疚。

「為什麼？」他一愣。

明明沒有看到她的嘴巴在動，但他卻可以聽到她的嘆息，緊接著，她周身的光輝異動起來，呈輻射性的擴大，她的身體在逐漸增強的光芒中消退，他吃驚的大喊：

「不！等一下！」

光芒刺痛了他的雙目，他不自禁閉上了眼睛，而激增的冷冽空氣讓他機靈的打了個冷顫……

第一章

「哥！哥！」門外傳來佳純焦急的聲音。

初平再次張開了眼，人呢？不……精靈呢？為什麼不見了？為什麼？掌中感到冰冰的，他攤開手，掌心有幾個小白點，像雪……

果然……不是夢……

佳純打開了門，被房內逸出的冷空氣凍得直撫穿著短袖裸露的雙臂，然後踏了進去。

「哥，你剛才在叫什麼？哥？喂！你聽到了沒有？」

初平怔怔的望著手心，再看看剛才雪花出現的房間，就如同她來時一樣，又神祕的消失了。

※　※　※

「哥，你要不要緊？要不要我叫媽注意你一點。」佳純要下樓的時候，還不忘到紀初平的房間吩咐一聲。

「不，不要麻煩媽了。」

「可是你昨天……」

「沒什麼，那真的沒什麼，妳不是要去上課嗎？還不快去！」初平的語氣有些煩躁，催促她去上課。

佳純還想說什麼，昨夜哥哥的舉動太奇怪，把還沒睡著的她嚇到了。跑到他房間的時候，只看到他在發呆，在她追問之下他什麼也沒說，只說累了要睡覺，把她趕了出去，她也就出來了，可是……她總覺得有些奇怪。

急著上課的她也沒心思在這事上兜轉，先行出門去了。

等到她回來的時候，就發現早上的決定是個錯誤。她發現母親林慧穎和黃姨正忙得團團轉，一個正在廚房熬著薑湯，一個拿著烘乾的棉被往樓上跑。

「媽，妳們在幹嘛？」這種陣式常見到。

「妳哥又病了。」林慧穎蹙著眉頭看著瓦斯爐上的薑湯，頭也不抬的說。

「為什麼？」她嚇了一跳。

「大概最近天氣變涼，他又著涼了。」林慧穎憂心忡忡。她這個兒子從小就比一般人來得孱弱，就算只是著涼，到最後都有可能變成肺炎，馬虎不得。所以每當聽到他有狀況，全家人就同如臨大敵。

「我去看他。」

紀佳純上了樓，推開紀初平的房門，黃姨正從裡頭走出來。紀佳純抓著黃姨問道：

「黃姨，哥怎麼樣了？」

「發燒三十八點九度，我去問太太要不要請李醫師過來。」李醫師是他們的家庭醫師，紀初平從小到大就是請他看的。黃姨說完就匆匆離開了。

佳純走進房間，看著躺在床上的老哥，雙眸緊閉、臉色蒼白，她心疼的叫了一聲：

「哥！」

初平睜開眼睛，見是佳純，虛弱的道：

「妳回來了呀！」

「是不是昨天半夜你起來著了涼？為什麼你不讓我告訴媽？早上我還問你有沒有怎麼樣？你卻說沒什麼！」一連串的埋怨如流水般傾出，但更多的埋怨是針對自己，怎麼那麼粗心？

「我沒事……」

「還沒事！都躺在床上了還說沒事？都快發燒到四十度了耶！」

「我說過，真的沒事，」他從床上坐起來，因高燒而逼出的汗水從他的額頭滲了出來，「跟以前比起來，這還算是小CASE，休息幾天就沒事了，不用大驚小怪。」

「這種事也可以比呀？你有沒有搞錯？」

「妳們不用太擔心，我是久病成良醫，這點發燒算不了什麼的。」

「怎麼可能不擔心，萬一……」曾經有的狀況是高燒數天、昏迷不醒，嚇壞了所有人，都以為他沒希望了，卻還是活了過來。就是因為瀕臨死亡的邊緣太多次，才讓人戰戰兢兢。

他的身上不斷有奇蹟發生，卻沒有真正的奇蹟讓他的身體好起來，不要老是像隨時會熄滅的風中之燭。

「妳不用想太多，反正這幾天我好好調養就沒事了，妳又不是不知道有媽跟黃姨在，我還好不了嗎？」

佳純被他說得無言以對，反正她說什麼都不對，只好道：

「下次你再有狀況的話，我一定馬上通知媽。」

「好、好。」

「那你休息一下，我先出去了。」

初平看著她出去，重新躺了下來。高燒讓他的腦袋有些暈眩，他閉上眼睛休息。

從小就與病魔糾纏的他，對病情的大小也有感覺，這點算不了什麼。雖然如此，他還是很不喜歡渾身無力、病懨懨的感覺。唯一能讓他心情好一點的，就是昨天那個雪精靈，她還會出現嗎？

他舉起手，掌中似乎還殘留著雪融化後的涼意，這股涼意到達心中，竟是暖的。

他已經厭煩自己的生命，雪精靈的倏然降臨，帶給他嶄新的生命，注入一抹清新。

她是他渴望已久的變化，不在乎她究竟是不是人，他只希望她能夠再出現一次，他希望能再跟她打交道，而不要又是驚鴻一瞥。

還會嗎？她會再出現嗎？不要是他的幻想，他希望……能再看到她。

第一章

第二章

她不是故意的。

望著屋內為發燒在床的他張羅的家人，雪花心下好生不安，若不是她的到來，他是不會著涼的。除了不忍之外，她對他又多了愧疚，也不敢下手。

看著其他人在他身邊來來去去，餵湯伺藥，直至深夜才靜了下來。

終於只剩他一人，見他躺在床上，還在咳嗽。

她聽到他們在說的，他的體溫太高，如果體溫降不下來的話，會導致其他的併發症。那麼，只要他的體溫降下來的話，就會好了吧？

她不是很懂病理，但她希望能幫助他。

來到他的床前，她低下身、彎下腰，從她的口中吹出一口氣……

睡得迷迷糊糊的初平感到一陣涼意，就像是山谷中的微風，涼爽而舒適，體內的

第二章

熱氣彷彿被吹散了，像是從深陷軟沙中被人救出來，呼吸不再窒澀，他睜開了眼睛。

「是妳，」他驚喜的坐了起來，迎進她涼適而料峭的周身空氣中，「妳總算出現了。」

「你在等我？」她有些不知所措。

「對。」

「為什麼？」

「我想見妳。」他深吸她的空氣，沁涼直達心肺。

望進他清明澄澈、毫無雜質的眼眸，一向平靜無波的心頭卻起了狂瀾，他想見她……雪花感到渾身一震，猶如在她冰雪的肌膚上沖下冷水，每個細胞都在震撼。

「我……不會是你想見的人。」只要想起她來的目的，胸口便悶刺得難受，她好怕無法完成任務。

「不，我最想見的就是妳。」他堅持。

他的唇邊浮起笑容，她的心頭有個角落，正在融解……酸酸楚楚的，凍結的情緒一再滲出來，她無法阻止。

「你會後悔的。」

「不，我不會。」她的出現顛覆了他平淡的生活，猶如降雪在赤道熱帶，帶來滿滿的驚奇，無論任何事都不能破壞他對她的感激。

他的信任只讓她更難受，聲音中有一絲她自己都無法察覺的淒楚：

「我不該出現的。」

見她身體一退，周遭的光芒跟著消退，急得他上前阻止，撞進一團冷冷的空氣。

「不，別走！」

「別過來，我不是你想的那樣。」她的雙眸低垂，語氣悵然。

「妳在說什麼？無論如何，請妳別走。」

他的請求令她不安，而那如針刺般的難受不斷的湧出，是心痛嗎？為什麼會有這種負面情緒？她是精靈啊！不該有感覺的……

見她身邊的光芒忽而顯明、忽而消退，害怕她就要離開了，一種即將失去的恐懼

第二章

感令他心慌，初平爬下床鋪想要阻止，不慎被棉被絆倒，讓他差點跌了個倒栽蔥。

「小心！」

雪花飛快的上前扶住了他，初平陷入一個柔軟而冰涼的身軀當中，她的手臂滑膩無瑕，像是令人把握不住，他貪婪的握住那份柔涼，從口中喊出：

「不要走！不要消失！留在我身邊！」

他緊緊地攀住她，雪花心頭浮動，不該有的情緒又出現了，心頭滿是煩躁，靜不下來，難道她離開精靈界來到人界，也染上人類的七情六慾不成？

「好……不走，我不走。」

聽到她的保證，他開心的笑了。

看到他的笑容，像是在暴風雪中走入一座山洞，將洞外的風雪都擋在外頭，這種感覺十分奇特，有點驚訝、有點喜悅、有點特別。

「你還難受嗎？」

「不，不會了。」燒退了之後，他感到神清氣爽，相較於之前的高溫，他彷彿明瞭了什麼，他問道：

「是妳幫我退燒的嗎？」

她點點頭。

「謝謝。」

「別這麼說。」她很怕他對她好，這種感覺不該發生的。如果當初他沒醒來，或他看不到她，她是不是就能輕易下手呢？她不知道……

「哥！」

門外突然傳來叫聲，紀初平愣了一下，緊接著身邊白光驟退，他來不及阻止就消失了，而此時門也被打開了。

「佳純？」他惱了，「妳來做什麼？」

「我聽到有聲音，過來看一下。哥，你不是不舒服？應該躺在床上吧！」

「我已經好了。」

「你胡說，哪有這麼快好！」看著哥哥走下了床，紀佳純驚疑不已。

第二章

「真的，不信妳摸摸，我已經退燒了。」初平指指他的額頭，紀佳純伸出手去——欸？真的退燒了！

「太好了，我去跟媽講。」她開心的就要下樓，被初平一把拉住。

「等一下，已經很晚了，不要再去吵媽了。」

「可是……」

「我已經康復了，沒關係了，妳不要再為這點小事去吵媽，我沒事了。已經很晚了，妳為什麼還不睡？」

「我下禮拜要段考啊！所以看書看得比較晚。你確定不要跟媽講？」

「對。」他不想其他人發現他的祕密。

想想康復是好事，沒那麼緊急，紀佳純答應了，她轉身準備離去。「那如果有事，你可以隨時叫我，我沒這麼早睡。」

「好。」

打發佳純離開之後，望著屋內一片空蕩——她走了嗎？他輕喚著：

「雪精靈。」他輕喚著。

沒有反應。

怎麼會這樣?他剛剛不是才跟她講話、摸到她的手嗎?怎麼會是一場空?就算是夢也太真實，冰晶的她五官是如此深刻地烙在他的心頭，怎麼能夠是夢?

心下一片惆悵，房內白光又升起，灑落一地晶瑩。

「雪精靈!」這聲呼喚飽含驚喜，他渴望的臉蛋又出現在她眼前，他迫不及待想擁她入懷，免得她又消逝。

雪花溫婉的一笑，那笑意比她的光芒更明亮。

「我叫雪花。」

「雪花嗎?真好聽的名字……」他悠悠的道，「對了，妳從哪來的呢?」

雪花一怔，眼神黯然了下來，連光芒也失去了亮度。見她表情不對，初平忙道:

「我不該問嗎?對不起。」

「不，不關你的事，」只是這令她想到不開心的事情，她轉移重點，「我是精靈，

第二章

當然是從精靈界來的。」

「精靈界？」

「除了人界之外，這個宇宙還存在著許多空間。如果人類可以排除自己是萬物之靈的心態，將可以和其他世界的生物接觸。」只是可嘆啊！這千千萬萬自以為是的人類，有多少人能屏除這種心理呢？

初平被她說得心神嚮往，好想前去遨遊，他興奮的道：

「什麼時候，人類才可以達到這種程度呢？不過……」亮璨的雙眼頓時黯了下來，雪花忍不住問道：

「怎麼了？」

「沒什麼，只是想到……這個世上，我連其他地方都沒去過，還想去其他世界，不是太可笑了嗎？」

「你沒去過？」她有些驚訝。

「我的身體不太好，不適合出遠門，所以也沒去過什麼地方。如果可以的話，我真想去其他地方走一走呢！」這點欲望很奢侈嗎？為什麼他那麼難以達到？

雪花感到心頭一陣灼熱，像是她的心房底下，有著一座核心洪爐，正蘊釀熱能出來。

「你想去哪裡我帶你去。」

「啊？」

雪花燦然一笑。

※　※　※

黑色廣場中有幾盞燈在旁照明，城市中的夜晚早已因為光害而看不清星子，然而初平旁邊的雪花卻聚集了璀璨的明亮，將公園裡的籃球場照耀得如同另一方世界。

夜裡的風沁涼入骨，卻吹得初平精神一振，他深深吸了一口氣。

想到剛才的經歷真是奇妙，他明明覺得他站在原地沒有動，但四周的景色卻像跑馬燈一樣不斷變換，從他的房間到樓梯、客廳、花園、街道……然後就到達這裡了。

是雪花帶他到外面來的，已經很晚了，這裡沒什麼人，同時也不會有人發現他們

第二章

的存在。

「有球耶！」

初平看到角落躺著一顆或許是人家忘了帶走的籃球，興奮的跑了上去撿了起來。

「這是什麼？」雪花好奇的問道。

「這是籃球。」初平舉起手臂，用力一投——沒中。他尷尬的道：「呃……練習不足。」

「投那邊有什麼意思呢？」

「一個人玩當然沒意思，要很多人一起玩才好玩。」他走過去撿球。

雪花似乎不太明白這樣的活動，反正……這是人類世界的樂趣吧？「你們都怎麼玩？」

「這個……是由兩隊人馬來搶這顆球，然後把球投到屬於自己領域裡面的籃框，不過對方會想辦法讓你沒辦法得分，然後把球搶走，投到對方的籃框……真想玩一次看看呢！」他的語氣充滿期盼，雪花有些訝異：

「你沒玩過嗎？」

「嗯，我都是看別人玩，我自己也沒玩過，還在這裡跟妳解釋——妳好像問錯人了。」他苦笑的道。

從小他上的體育課用十根手指頭都數得出來，由於林慧穎的特別要求，每當團體活動時，他都是默默坐在一邊，鮮少與人打成一片。

他很想參與任何的團體活動，一次也好。

「那……我跟你玩好了。」

「妳要跟我玩？」初平驚喜的道。

「是啊！」

初平興奮起來，他站就定位，籃球捧在手裡，順便解釋著：

「待會妳拿到球，就要想辦法把球投進我身後的那個籃框知道嗎？我會想辦法把妳的球搶過來，妳要注意喔！」就算沒吃過豬肉，也看過豬走路。他說著就將球給雪花，雪花接了過來，愣愣的問：

第二章

「我現在要投了是嗎？」

「對……不過妳可以不用問我。」

雪花聽了移動身體，飛到他身後，然後將球以灌籃的姿勢投了進去，完全得分！

初平追了上去，抗議著：

「妳怎麼用飛的呀？」

「不行嗎？」她無辜的問道。

「也不是……只不過沒人這麼玩過。」是呀！「人類」的確不會這麼玩。

「那……再來一次好了。」

於是這一人一精靈在球場上奔馳，雖然沒有鬥牛，沒有激烈的爭戰，但足以讓他滿頭大汗。

而這樣已經顛覆了他往日仔細謹慎、小心翼翼的生活。

他的身體在動，手在空中拋接，腳在地上跳躍，所有的身體因著活動而發揮最大的效能，像這樣恣意的揮灑汗水、擺動身軀是他夢寐以求的。

他感覺他在跳、他在飛！原來……這就是自由……

夜襲涼風，當他停下來的時候，身體機靈的打了個冷顫，喉頭一陣乾癢，他咳了起來。

「咳！咳！」

「怎麼了？」雪花擔心的抱著球飛到他身邊。

「沒事、沒事。」不想美好的時光就這樣被自己破壞，初平打起精神，開心的道：

「這樣吧！我們再去別的地方好了。」

她比他對這座城市更充滿好奇，爽快的應允。

「好呀！」

※　　※　　※

離開了寧靜的球場，這次來到了街頭鬧區。在沒有人認識他們的地方，熱鬧也是一層保護色，雪花好奇的東張西望，反正除了他——雖然不知道為什麼——也沒人看得到她。

第二章

「這裡就是市中心？」她有些心神搖盪。閃爍的霓虹燈、車子高速行駛流動的光線、繁華吵雜的人聲，是她從來不曾想到的世界，反而有點像是在夢中。

「好多人喔！今天是什麼重要的日子，為什麼這麼多人？」雪花好奇的睜大著眼睛。

「今天不是什麼重要的日子啊！為什麼這麼問？」

「不是什麼重要的日子，那為什麼這麼多人？」除了精靈界幾次盛大的聚會，要不然在北國要見到這種熱鬧的場合滿難的，以至於雪花東張西望個不停，俏皮極了。

「這裡每天晚上都是這樣子啊！」

「哇……真熱鬧。」雪花發出類似驚嘆欣羨的聲音。

「我還擔心妳覺得又吵又亂呢！」

「不，這裡有趣多了。」她開心得很，一直掛著笑容。這裡的一切既新鮮又有趣，她不停的眨動雙眼，想將一切裝入眼底。

望著她天真的臉龐，他的心頭不由得一動。

那份從初見她時的騷動就不曾停歇，不停的擴大、擴大……在這喧囂的人世中，她如一股清流，劃破萬丈紅塵，格外珍貴。

「紀初平！」

一個突兀的聲音插進他們之間，初平驚愕的回頭一看，見到一個男孩挽著一個女孩走了過來。

「真的是你！」初平的班上同學何文豐跑了過來，他驚喜的道：

「剛剛小萱說是你，我還不相信呢！」

沒想到會遇上熟人，初平有些緊張，下意識的往雪花的方向看了一下，確定他們看不到她，才道：

「出來走走。」

「你不是身體不好嗎？怎麼這麼晚還跑出來？」小萱也是初平的班上同學，對他的情況多少了解。

第二章

初平只是尷尬的笑了笑，沒有解釋。

「你一個人出來逛街？要不要跟我們一起走？我們正要去 PUB 玩。」好不容易見到同學的何文豐招攬著，初平搖了搖頭。

「不了，我……還有事。」

「喔！是不是去找女朋友啊？」小萱一副恍然大悟的樣子，「難怪這麼晚了還在外面。」

初平只是尷尬的笑著，也沒解釋。

「好啦！那我們跟人家約好時間，先走了，學校見囉！拜拜！」何文豐拉著小萱走，初平也和他們招手再見。

「他們是誰呀？」雪花好奇的問道。

「他們是我的同學。」

「同學？」她似乎不熟悉這個名詞。

「簡言之，就是在一起學習的夥伴。」

「喔！」這樣雪花勉強了解了，不過另一個疑問又生了出來：「那你們所謂同學，都是一起手牽手走路的嗎？那其他的人類，像前面那兩個人，還有那邊那兩個人也都是同學嗎？」她東指西指，隨隨便便就指了好幾對男男女女。人界的關係還真親暱。

「呃……不是啦！那是……」他突然很尷尬，不知道要怎麼解釋。

「是什麼？」雪花一對水靈靈的大眼看著他，讓他更開不了口，體內的情愫更加澎湃，晶瑩剔透的雙眼讓他的胸口一陣發熱。

初平的沉默更加勾起她的好奇心，她問道：

「那我們也可以牽手嗎？」

這問話讓他臉頰一燒，從胸口溢出來的欣喜沒來由的蔓延到嘴角，雪花當他是默許，降落人間的精靈有了欲望，伸出冰涼的柔荑牽住了他。

那跨越異界的情愫衝擊著兩人，肢體的接觸讓薄弱的保護頓時瓦解，雪花身上閃爍著璀璨的色彩，像是天際的彩虹化為千道碎虹，落在她的雪白之上，這奇景讓初平驚呆了。

「雪花，妳……」

第二章

雪花發現自己的變化，亦是驚異的無以復加，她從來不知道自己也可以這麼美麗。

「這……這是什麼？」

她不知道自己被人間的情慾染色，驚訝著自己的變化，更遑論初平了。

「雪花，妳……妳好美。」他讚嘆著。

雪花因他的讚美而使身上的麗光波動，形成一副奇景，她知道她已經不是以前那個單純的雪精靈了……

※　※　※

「咳！咳咳——」

胸口像突然被人捏住似的，擋住他的呼吸，他想要將那股壓力咳出來，卻嗆到了。

「你怎麼了？」

「我……」他說不出話來。

他討厭這種感覺，這種把生命奪走的感覺。

他的大腦暈眩，雙膝發軟，氣力在流失，連站也站不穩，彷彿剛才的生龍活虎、活蹦亂跳只是假象，這時候才是現實的降臨。

雪花看到他的臉色蒼白、唇瓣毫無血色，感到他的體內有不尋常的波動……是星光體！

難道……他的時間已經到了？

她的腦海裡響起長老的話：等到星光體吸足能量後，就會自行脫離宿主——也就是宿主死亡的時候。

「不……不要！」

一股尖銳的痛苦如利錐刺在她的胸口，雪花感到無比的難受。她不要星光體吸取他的能量，她不要他死。

這就是為什麼他體弱多病的緣故。打從他出生開始，星光體就在他體內吸取他的生命力而延續，等到這個宿主被吸飽生命力後，星光體就會尋找下一個宿主。

第二章

她要做的，是在星光體附在下一個宿主前，把星光體帶回精靈界。

無論是等待生命力被榨乾，還是由她動手取回星光體，他的命運，早就注定了。

可是……她無法接受他就這樣消逝……

「雪花……」他的表情扭曲，神情痛苦，他不要……不要在見到她以後，就這樣死去，不……可是……他無法擺脫那黑暗的拉力……

「先生，你怎麼了？」有人發現了他的不對勁。

「你還好嗎？」

他的身體搖搖晃晃，倒了下來，他身邊聚集了相當多的人，他喘著氣，只想要找雪花，可是……她呢？她人呢？

層層人牆聚集在他的周圍，她的身影也逐漸模糊，他不需要他們，他只要她在他身邊……

你們都走開，把她還給我、把她還給我……

第三章

昏昏沉沉、神智不清，整個人像處在渾沌之中載浮載沉的……即使如此，還是能夠感受到周遭的變化，有人走來走去、有人在說話，就算想要休息，那細細碎碎的聲音還是傳進他的耳朵……

「……所以我們打算對他做進一步詳細的檢查……」

「超音波？為什麼要做超音波檢查？他的病況很嚴重嗎？」林慧穎焦急的聲音如尖刺般扎入他的耳中，他也難受。

「他的器官似乎正在衰竭，無法正常運作，不過這只是我們的猜測，最好的辦法是做更詳細的檢查……」

其餘他聽不清楚是什麼，初平勉強睜開眼睛低喊：

「媽……」

第三章

「初平，你醒來了？」林慧穎聞言轉過身來，驚喜的道。

「我……在哪裡？」舉目盡是刺眼的白，讓人好生不安。

「你在醫院啊！初平，你怎麼會跑到外面呢？你人已經不舒服了為什麼還要亂跑？你是怎麼出去的？」林慧穎實在搞不懂，家裡明明那麼多人，卻沒有一個人發現他溜了出去。

這些都不是重點。初平坐了起來，左右張望。「雪花呢？」

「啊？」

「我在找雪花……」心頭一陣空虛，他著急起來。

死亡的招喚越來越明顯，它已經奪走了他的生活、他的自由，現在……連雪花也要奪走……

他不要生命就這麼輕易流逝，被死神玩弄，他不要失去雪花。

「初平，你在說什麼？」林慧穎又驚又怕。

「雪花呢？」他想要下床，醫生阻止了他。

「先生，請你躺好。」

「不，我要找雪花。」

「初平，你在說什麼，你不要嚇媽！」林慧穎被他的瘋狂舉動嚇到了，驚懼的哭了起來。

「我沒有，我只是……要找雪花。」不要連她都失去，他已經什麼都沒有了。想從床上下來，雙腳卻軟綿綿的沒有力氣，他痛恨這種感覺。

「初平！」

「雪花……雪花……」他喃喃自語，呈現失心狀態，加上他講的話又沒人聽得懂，讓其他人更加焦急。

「初平，你不要嚇媽……不要嚇媽啊！」兒子的舉動令林慧穎難以承受，難道病魔已經把他折磨得連心神都耗竭了？天啊！怎麼會這樣？

「我只是要找她，雪花呢？雪花……」不安與恐慌油然而生，頻頻低呼雪花的名字，以為這樣就可以把她盼回來。

第三章

力量不斷的流失，他可以聽見死神的聲音，所以才那麼失常。當知曉生命將到盡頭，還需顧忌一切嗎？

林慧穎驚懼的直哭，初平不安的躺在床上，一直想要下床，醫生和護理師拚命將他按在床上。

「先生，你鎮靜點！」見他不斷掙扎，醫生忙大喊：「MISS劉，快拿鎮靜劑過來！」

「是。」

「不，我不要打針，我不要！」初平抗議起來，他不知道這一次他出不出得了醫院，眼前的一切讓他害怕起來。

「快點！」

在眾人合力之下，他的手臂結結實實被扎了一針，他掙脫無效，恐懼的看著那支藥劑，藥效在血液中發揮，他又昏沉沉睡去……

※　　※　　※

即使是在夢中，也覺得好累。

一直以來，他唯一的感覺就是疲倦，就算是休息，流失的體力也回不來，於是只能靜靜的、緩緩的活著，猶如一灘死水。

曾經以為，生命就這樣了。

可是現在不一樣了，他有了雪花，讓他明白，生命不只是這樣，還有很多很多值得追求的事物。

他想和她在一起，吸取她清涼的氣息，感受她冰潤的肌膚，他好想好想……融入她雪凝的身體，與她為伍，只是這般簡單的要求，也不能實現嗎？

努力睜開眼睛，她就在他眼前。

「雪花。」

「你終於醒了。」她輕輕的道，不是夢？

他一把抓住她，急切的道：

「雪花，別走！」

第三章

「你別擔心，我不會離開你的。」她安慰道。

「那妳剛才為什麼不在？為什麼我看不到妳？」想到見不著她時的恐慌，就讓他恐懼。就像是突然被人丟進海中，茫然而無助。

什麼時候，她已占據他整個心神，甚至達到為她失魂的地步？

「剛剛你突然倒下，我不知道怎麼辦，只好站得遠遠的，讓其他人幫助你，要不然我不知道該怎麼辦。」

「不准離開我，答應我，以後無論如何，都不准離開我！」像是個不安的孩子，找到可倚賴的對象時，便緊緊捉住，「妳……會像妳來的時候一樣，突然又消失嗎？」她是雪精靈，那她……會融化嗎？

「不會發生這種事的。」她一再的給予保證，可是心頭也不安穩。

「我只是害怕、擔心……我對妳並不夠了解，我怕……會失去妳。」對她深深的著迷，卻一無所知，那份不安逐漸滋長，害怕她隨時會離去。

「不要這樣……」他的擔憂，讓她好心疼。

「我就是沒有辦法，我好害怕失去妳，雪花，告訴我該怎麼辦？」想她想得發痛，他緊緊的抱住她。

她的唇畔逸出一聲嘆息，將手搭上他的肩。

初平握住她，緊緊地……

「妳是從什麼地方來的呢？那是個什麼樣的世界？和這裡有什麼不同？除了精靈界之外，還有其他的世界嗎……咳！咳！」迫切的想要知道有關她的一切，問題如流水般倒了出來，也沒考慮體力應不應付得過來，身體都發出了抗議。

只有多了解她，他才覺得他能擁有她。

「小心點，」雪精靈溫柔的撫著他的背道，「你的問題這麼多，我要先回答哪一個呢？」

初平不好意思的笑了起來。「抱歉。」

「我會告訴你答案，不過等你好一點再說好嗎？而且你的家人快上來了。」她聽到腳步聲，將他壓回床上。

第三章

「不准走！」他拉住她的手。

「可是……」

「其他人不是看不到妳嗎？妳為什麼要離開？就當陪我，好嗎？」他任性的不想讓她離開，雪花只好應允。

「好吧！我會在你身邊。」

※　　※　　※

精靈界

火堯走在草地上，他已經把自己的力量給收起來了，但敏感的花精靈還是感受到他的熱氣，頻頻擦汗。不過她的汗味倒成了空氣中的芳香劑，蜂蝶都跑了過來。

「火精靈，你怎麼來了？」花精靈隔著三尺遠，訝異的問道。

「我來找長老的。妳有看到他嗎？」

「他在他的樹洞裡面。」

火堯聽到後就轉身離開，望著離去的火堯，花精靈頓時感到涼快許多，同時喃喃自語：

「奇怪了，北國的雪精靈和南國的火精靈最近都跑到這裡來了？出了什麼事嗎？」不過即使聰慧如她，還是猜不出發生什麼事，不如去找風精靈吹吹風、驅散熱氣更實在一點。

火精靈有著一頭像在燃燒的紅髮，相貌粗獷，再加上他與生俱來的屬性，多數的精靈難以與他親近，所以他大部分時間都待在南國，會到這裡來自然引人矚目。

火精靈站在長老所住的樹洞之前徘徊，正在暗忖要怎麼開口，從洞中傳出長老的聲音：

「進來吧！」

火堯一愣，知道藏不住了，訕訕的走了進去。

「長老，好久不見。」

「你從遙遠的南國過來，有什麼事嗎？」長老將頭從厚厚的書中抬了起來，睿智的眼神望著他。

第三章

「這個……」他的個性一向坦率，這次卻猶疑了。

「說吧！」

火堯深吸一口氣，緩緩的吐出：

「我聽風精靈說，雪花到人界去了，是嗎？」精靈界和人界自從數百年前分隔之後，井水不犯河水，互不往來，他不明白為什麼會有這個消息，如果是真的，發生什麼事情了嗎？

長老眉頭微微一蹙，即使再防範，紙終究包不住火，刻意隱瞞的話只會讓人更加疑竇，他淡淡的道：

「她很快就會回來。」

「她去了多久？一個人去的嗎？那她什麼時候會回來？」向來很少暴露情感的火堯在丟出成串的問題後，長老的眼神更加深邃。

「你很擔心她？」

「我……我只是想說……她怎麼會無緣無故離開精靈界？這是從來沒有過的

事……所以才過來問問看。」他回答時臉色泛紅，說話也結巴了起來。本來就紅潤的雙頰又浮出一層赤赭，還隱隱冒出白煙。

「等她辦完事情後，就會回來。」

「那她究竟什麼時候回來？」他追問。

「快了。」

「快了？那就是還沒回來了？」長老沒有回答，火堯就急急忙忙的道：「她會不會出了什麼事？為什麼還不回來？人界和精靈界畢竟不一樣，她到那裡去，說不定會有危險，萬一她出事怎麼辦？」一連串的質詢下來，掩飾的情感已流露無疑。

長老也不點破，淡淡的道：

「我不會讓她涉足危險。」

「話是這麼說沒錯，可是她已經超過時間沒有回來，難道您不擔心發生什麼事了嗎？」火堯的一再逼迫、咄咄逼人，使得長老也不得不正視起來。

超過了他所預計的時間，難道真出了什麼事嗎？

第三章

※　※　※

坐在樹葉濃密的枝幹上，雪花那向來平靜無波的臉上卻是眉宇輕蹙、面帶愁容，像是千年的冰湖起了漣漪，再也不得安寧。

她的心好沉重，不再像飄在空中的雪花那般輕逸，反倒積成厚厚的雪堆，壓得她動彈不得。

可不可以……在不傷害他的原則下，拿回星光體？

她不知道那是怎麼回事，但就是不想見他受到任何傷害，她不要他被掠奪生命，不要他飽受折磨，她……她但願這一切不要發生在他身上。如果可以的話，她願意為她承受。

如果當初她無情一點，直接下手取回星光體，或許就不會有後續這麼多事情發生，可是一望進他清澈深幽的眼眸，只感覺身體被吸進其中，就……什麼也做不了了。

如果時光能倒流，她會這麼做嗎？雪花無法肯定。

從這個窗口望著初平被送進超音波室，那裡的科學她無法了解，不知道以人類的力量能不能救回他？

「雪……雪花。」

乍然聽到叫她的名字，雪花愣了一下，回過頭看，一個她想都想不到的人物竟然會出現在人界？

「火堯？你怎麼在這裡？」她相當意外。

「我是來看妳怎麼還沒有回去？」

「我……受長老所託，前來辦事的。」

「不是說星光體拿到之後，就應該回精靈界了嗎？怎麼妳還在這裡？」火堯不著痕跡的打量著她，見到她臉色一白。

「你都知道了？」

「長老都告訴我了。」在他的死纏爛打之下，長老道出事情始末，於是他趁長老不注意時，偷偷溜到人界，雪花果然還在這裡。

在他炙熱的眼光逼視下，她吞吞吐吐：

第三章

「等……等拿到星光體後，我……我會回去的。」

「還沒找到嗎？」

「我會拿回去的。」不能讓他知道還在初平身上，想到他們現在交談的地方離星光體實在太近，萬一被他發現的話……

心頭一緊，身體往上飛了起來。

「等等，妳要去哪裡？」見到她一副如遇洪水猛獸、想要逃離他眼前的模樣，火堯感到十分奇怪，連忙跟了上去。

雪花沒有回答，只能躲得更快。她不知道怎麼面對火堯，更不敢講實話，連說謊的勇氣也沒有，於是只好選擇逃避。

要是被其他精靈發現的話，他們一定毫不猶疑，將星光體從他的體內摘除——不，她不能讓他們這麼做，不懂那浮在心頭滿滿的感覺是什麼，只知道越來越強烈，強烈到怕失去他。

別傷害他，不要讓他受傷害！

火堯追得越緊，雪花逃得越快，在愕然之中火堯停住了腳步，深沉的眼光注視著越來越遠的雪花，眸中的火焰是深赭色的。

※　　※　　※

初平睜開眼睛，視線散亂而模糊，待半晌後，才勉強集中焦點，除了母親和妹妹外，雪花就在她們身後。

心頭一喜，他想要坐起來，佳純眼明手快，急忙把他壓住。

「哥，你別那麼快起來！」

礙於病房內還有其他人在，他只好壓下心中的情緒，嘴裡和佳純講話，眼睛卻是往雪花那邊飄。

「檢查做得怎麼樣了？」

「要三天後才知道報告，這幾天你可不要亂跑啊！你知不知道你亂跑出去，把我們都嚇死了！」佳純見他沒事，嘴裡抱怨個不停。

「佳純，好了，」林慧穎沉聲道，她靠了過來，「初平，有沒有哪邊不舒服？」

第三章

「沒事。」

林慧穎很想問他，他被送到醫院後，那胡言亂語究竟是怎麼一回事，可是又怕刺激到他，只好忍了下來。

「渴不渴？要不要喝點水？媽去倒好不好？」

他點點頭。

林慧穎離開後，佳純留在病房陪伴。望著親人的守護，雪花那張不該沾染人間情愁的精緻臉蛋，望著初平的眼眸有無限的依戀，更明白無法棄捨。

長老一定很生氣吧？指派給她的任務還沒有完成，還惹出了這麼多麻煩，讓他失望了。

對不起，長老。

然而在兩者之間，她心已有所偏，心頭又是酸、又是澀，她是雪精靈，會不會……就此溶解在這糾結的情緒中呢？

「雪花！」

一聲暴吼響起，她心神幾欲裂開，連初平都被嚇了一跳。

「哥，怎麼了？」佳純看他的身體突然動了一下。

「不，沒……沒什麼。」嘴裡雖是這麼說，但他的視線一直向那個奇怪的人看過去，見他全身紅通通的，正在和雪花講話，是精靈嗎？

佳純順著他的視線往後望了一下，沒人呀？她又繼續回過頭來。

雪花望著以為已經從他眼前逃掉的火堯，周身火焰焚燒的他，眸子亦是炙人的血紅，令人心悸。

「你……怎麼找到我的？」雪花下意識的擋在他和初平之間，火堯看到她保護初平的動作，心下已是怒火橫生。

先前她在躲他，不論他怎麼追，她都逃得比他更快，他只好故意放手，假意已讓她脫離他的範圍，然後再慢慢跟蹤，沒想到……她竟然在捍衛一個人類，他不由得狂怒。

「他是誰？」他的聲音沙啞，像被烙過。

第三章

「他……」

「他不就是星光體的宿主嗎？妳不是已經找到了嗎？為什麼遲遲不肯將星光體拿回來？」同一世界的生物很容易有所共鳴，火堯一眼便瞧出初平的不同，他的體內正存在著星光體，猶如被布包裹著的明珠，透出精靈的輻射。

「我……」雪花低眉，不敢看他。

「雪花！」他大吼，心下隱隱不安，「長老在等妳拿星光體回去覆命，難道妳忘記了嗎？」

「我沒有忘，我沒有、沒有……」連她自己也說不出來為什麼，就是不願見他消逝，想到初平能夠看得到、聽得到他們，這比火堯找到她更令她膽懼，她不禁哀求：

「火堯，別說了。」

「為什麼不能說？」

「你走，不要再說了。」

「雪花？」

「我一定會把星光體帶回去給長老的，你先回去吧！」她卑怯的懇求著，讓火堯越看怒火越旺：

「不，妳得跟我一起回去。」他想要去抓住她的手，然而就如同水與火，他的靠近讓她輕呼，他急忙收回手。

她身上的雪花溶解在他的火焰中，而他的火焰則被她的雪花吞噬。

火堯見到自己差點凍傷的手掌，想到自己從來無法靠近她，那深藏在心中的火焰化為惱人的悶氣。

「既然妳這麼拖拖拉拉，我就幫妳忙吧！」語未畢，他快速閃過她的身體，一隻手彷彿融進初平的身體，準備將他體內的星光體擷取——

初平眼睜睜看著他將手伸進自己的體內，大吃一驚，那憤怒的眼光像要把他燒掉，而他的心臟似要被撕開……

「唔……」

「哥，你怎麼了？」一旁的佳純見狀，忙上前問道。

第三章

初平睜開了眼睛，吃力的望著眼前那名將手伸進他的心臟的火紅男子，他的皮膚屬紅銅色，一頭火紅的頭髮無風飛揚，他憎惡的表情像是在面對仇家似的，而他的手……還在他的體內……

「放開他！」她斥責，想要推開火堯，卻被他推了回去，而他的手掌更是加快動作了。

「呃……」初平猛然停住呼吸，慌得佳純忙按著警鈴，嘴裡直喊：

「哥，你怎麼了？你到底怎麼了？哥！」

兩個世界的人在病房內叫囂，只有初平聽得到雙方的談話，這也讓在胸口痛楚之外，頭痛欲裂。

「雪花……」

他的聲音微弱，縹緲無力，那雙清澈澄明的眸子變得混濁，她心頭狠狠一抽，終於使出所有的力氣，將體內聚集的千百年的寒氣從掌風發出，撲往火堯的身體——

「唔……」

火堯手一鬆，身體往後退了幾步，他紅銅的肌膚逐漸轉淡，現出白色。雪花已經白皙的臉蛋更加蒼白，雙手定在空中……

「對不起，我……」她沒想到她會那麼用力，把他凍傷了。

「妳竟然……」火堯感到身體變冷，然而心頭更冷，他不敢置信的道：「妳竟然……為了他這麼做？不將星光體帶回來，還……如此守護著他？」他痛苦的嘶吼：「妳怎麼可以愛上一個人類？」

這指控讓雪花恍然大悟，她——愛上了人類嗎？

原來……想要保護他、呵護他，不想他受傷害，因他的快樂而快樂、因他的難受而難受，那漲得滿滿的感覺……就是愛嗎？

愛……不是仁慈、美麗的嗎？可是……她卻傷了火堯？

「對不起，我……我不是故意的……」她的聲音尖細起來，美麗的雙瞳充滿了愧疚。

「妳……妳……」火堯指著雪花，想要說些什麼，卻無法開口，他的身體往後飄、往後飄……然後，消失了……

從門口闖進來醫生與護理師，一進來就問道：

「發生什麼事了？」

「他剛剛抓著胸口，好像很痛苦似的，醫生，你快救救他。」佳純連忙將醫生推到初平面前，病房內一陣混亂。

「雪花、雪花……」剛從鬼門關走了一遭的初平喃喃唸著她的名字，雪花忙握住他的手。

「我在這裡。」

「我以為……我要失去妳了。」他鬆了一口氣。

「不會的，不論你在什麼地方，我都找得到你。」他體內的星光體，就是最好的指標。

初平滿意的笑了，而這可急壞了周遭的人。

「醫生，我哥是怎麼一回事？」佳純看他神智不清，哭了出來。

「佳純，怎麼了？」從外面倒開水的林慧穎一回來，就看到眼前的狀況，整個人差點呆住。

「媽！」佳純撲了上去。

病房裡一陣混亂，兩個世界的人都在他身邊，都在叫他的名字，而那股無力感又來了，那股力量將他不停的往黑暗深處拉、不停的往黑暗深處拉……想要努力撐開眼睛，卻還是不敵這股力量……

第三章

第四章

被凍傷的火堯逃出病房後，也沒辦法跑得太遠，胸口的傷勢加上心寒，令他呼吸不順而劇咳起來。

「咳……咳……」

好冷，寒氣彷彿鑽進了骨髓，血液也彷彿要成霜，他無法動彈，他明白他跟她是不可能有結果的，可是她出手傷了他……火堯閉上眼睛，恨為什麼一個是火精靈，而一個是雪精靈？

一股力量像網子般從身後籠罩住他，火堯驚訝的想要逃開，不曉得又發生了什麼事……只聞耳邊傳來長老低沉的聲音……

「別動！」

他停了下來，反正現在他也沒什麼力量，他的火焰都被雪氣吞噬了。

第四章

他閉上眼睛，漸漸的，體內的溫度開始回升，雖然很慢，但是已慢慢開始溫暖，他也不再咳得那麼厲害。

張開眼睛，長老站在他面前，他心虛的叫了一聲：

「長老……」

「隨意離開精靈界，你知道會有什麼樣的結果嗎？」

火堯不敢回答，他已經得到教訓了。

他只是……想看看雪精靈，從知道她離開精靈界後，他更加忐忑不安，非要確定她沒事才安心，沒想到卻看到……忍住心中的痛楚，他不知道要不要跟長老報告這件事。

看到火堯變換不定的臉色，長老凝重的道：

「你別說了，我都知道了。」

火堯一愣，繼而一想，長老都幫他療傷了，那麼必然也目睹了事情的經過，他也毋須多費唇舌，只是雪花她……

「長老，你不要怪雪花。」他趕緊先幫她求情。

長老長長的眉毛動了一下，他嚴肅的道：

「火堯，你別忘了，我們是精靈，不該受七情六慾影響的。」

「可是……」

「我先送你回去，這件事我自有定奪。」

※　　※　　※

除了窗外的風聲、鳥語，其他都靜悄悄的，初平看了一下時鐘，還不到會客時間，所以沒有動靜。現在除了醫護人員之外，其他人都不准擅自會面，於是生命再度陷入孤寂。

幾天前那個驚心動魄的火紅男子帶給他很大的衝擊，雖然他沒什麼事，可是男子的那個舉動，卻讓他的力氣更加快速的流失。

快到盡頭了嗎？

如果無法延長，他只好珍惜現有的時間。沒有「人」進來，可不代表其他生物不

第四章

得存在——雪花坐在窗外的枝頭上，四周閃著螢光，精巧的像是一碰就會碎掉……

「雪花……」

「我在這裡。」雪花飛了進來，她要實行她的諾言。

他坐了起來，雖然他沒有辦法做太激烈的運動，不過普通的、緩慢的動作還是可以的。讓自己舒服些後，他終於開口了……

「那個像火一樣的男子，和妳是什麼關係？」

「你看到了？」他既然能夠看到她，當然也看得到火堯。

「嗯，他也是精靈嗎？」

「對。」

「他來做什麼？為什麼……好像要置我於死地？」想到他嗜血的眼神，他就不寒而慄。

終究避不開嗎？一直不想讓他問到核心，卻還是因為火堯的出現而破功，如果……告訴他的話，他是不是……是不是就不理她了？想到此，心不由得一陣灼痛……

見她目光盈盈、眼角泛出淚光，他急忙安慰：

「不要哭，雪花，別哭……妳要是哭的話，我不知道該怎麼辦……拜託妳別哭。」握住她冰潤的玉手，他的溫暖再度刺激了她。

哭？她不會哭的。聽說雪精靈一旦哭泣，將會使自身冰融雪消、不復存在……這盈眶欲奪的情緒，就是將要奔放的淚水嗎？

雪花閉上了眼睛，逼回了那溫溼的熱度。

「沒事的，我不哭。」

「那就好，」他吁了一口氣，「好像只要提到你們世界的事情，妳都不願意回答？」

「不，我只是……」她答不上來。

「告訴我妳在擔心什麼，好嗎？」他知道她不快樂，她藏著心事，總在若有似無間顯露出來。

「你該休息了。」她又逃避了。

第四章

「如果妳有心事，就讓我知道，就算我不能幫妳，把妳的心事講出來，妳會輕鬆些。如果……我在妳的心中有那麼一點地位的話，讓我走進妳的心裡，好嗎？」他幾乎是懇求的道。

雪花睜著晶瑩的雙眼看著他，她的瞳中盈滿了他，心防脆弱得就要潰決，卻遲遲不敢開口。

她怕，怕他在知道真相後，會生氣、會不理他……她承受不起，可是這樣一再隱瞞，對他何其無辜？這樣對他並不公平。

「雪花……」

經不起他的要求，她輕啟檀口，困難萬分的說道：

「我……」

「我忘了把妳的仁慈算進去了，沒想到卻造成妳的為難。」一個低沉的聲音突然響起，初平驚訝的看著憑空出現的一名老者。

他看起來有好幾百歲了，整張臉被眉毛及鬍鬚遮住泰半，還拄著拐杖，他的身形高大，氣勢駭人。

「長老！」伴隨著雪花的呼喚，初平知道來者何人。

「長老？」

初平看到長老的眉毛動了一下，聲音從鬍鬚後面透出來，「你聽得到我們的聲音？」

「聽得到啊？」初平想起第一次與雪花見面時，她也問過同樣的話。

事情似乎失控了，應該是個簡單任務，似乎多了意外因素。他看得到他們，也聽得到他們？

長老捻著長鬍，一言不發。

「長老，你……什麼時候來的？」連火堯都知道她的事了，那長老……也知道了？

「雪花，妳該回去了。」不能讓事情再擴大了。

「長老……」

聽到她要回去，本來全身病懨懨的初平倏的從床上跳了起來。

「不！不可以！」他衝到雪花面前一把抓住了她，「妳答應過我的，對不對？」

「我……」

「說呀！」見她欲言又止，他心頭一涼。

「雪花！」長老警告的叫著她的名字。

畏於長老的威嚴，避開他炙熱的眼神，雪花說道：

「是的，長老，我會回去。」回過頭來，望向初平激動的神情，心頭又是一悸，即使再不捨，她也知道——該放手了。

手中的溫度逐漸消退，初平更急著把她捉住。

「雪花！」

「不要這樣。」

「為什麼？不是說好不離開我的嗎？為什麼又出爾反爾？妳這樣……咳咳……讓我好失望，咳咳……不要走……咳咳咳……」好不容易才從火堯的傷害中平復，沒想到卻遭到更不堪的對待，初平激動的連連咳嗽。

「初平，你鎮靜一點！」她多想留在他身邊，但是……她留在人間太久了，當初的任務沒有完成，反而造成了傷害，這是她最不能原諒自己的。

「雪花！」長老沉聲的低喚。

遲疑了一下，她終於道：

「是，長老。」

她知道再待下去，對雙方都無益，她不忍見他再受傷害。只是……心為什麼這麼痛？要離開人世了，帶不走他，只帶走遺憾。就算早知道會有這一天的到來，卻還是難以割捨。

她可以責備自己，只是對於他……望向初平的眼眸帶著歉疚和痛楚，令初平心頭一悸，比被火堯抓住心臟時更難以忍受。

「對……不起。」輕輕吐出道歉，她脫離他的雙手，走向了長老的身邊，就要……離開他了。

「雪花！」初平大喊，她沒有回答，他向她奔去。

只見長老以杖點地，地上突然冒出一團煙霧，將他們圈在裡面，那灰茫茫的煙

第四章

霧讓他看不清晶瑩的雪花，就像是她被吞沒了，心下一陣驚狂，初平不顧一切，衝了進去——

霎時間，煙霧包圍著他的感官、他的視線，什麼都看不清……

以為會被薰天的煙霧嗆鼻，未料卻是一陣清新冷冽的空氣，進入他的鼻頭，通過他的鼻腔，浸潤了肺部，更不可思議的是，全身像灌飽了的氣球，充滿了力量，這是前所未有的，令他驚詫不已。

※　※　※

等他再看到眼前的景物時，更令他瞠目結舌。

他在一間屋子裡，而屋子的前後左右都是樹幹，就連他腳下踩的地也是泥土，鼻息間充滿了自然的氣息，這是人工建造不來的。

除了他之外，長老和雪花就站在他眼前，雪花驚愕的望著他，而長老的臉色凝重。

「雪花！」他欣喜的上前抓住了她。

「你怎麼跟過來了？」雪花驚愕極了。

「我怕妳走後就不再回來了。」

心下的激盪還沒結束，又聽到他的告白，猶如在濤浪中投下巨石，心情起伏不定。

雪花的心情反映在她周邊的銀光，光芒閃爍不定，長老一看，心底有了警訊。

「雪花！」

望向長老那睿智的眼神，雪花心頭一驚，心虛得不敢正視。「長老……」

長老往前踏了一步，那氣勢像要把兩人分開，初平懾於他的威嚴，卻固執的不肯放開雪花。

「你想做什麼？」

「這句話應該是我要問你的，年輕人。」

「我只要雪花。」

「你該知道，她跟你是不同的。」

第四章

「我知道你們是精靈，我是人類，我知道我們是不同的，可是……我只是想陪著她、守著她，難道不行嗎？」

「你們沒有未來可言。」

「未來？」他眼神一黯，「我只想保持現狀。」

「你太單純了。」

「也許吧！我知道我沒辦法像你們想那麼多、思考那麼多，可是我只想守著她、陪著她，我對雪花——是真心誠意的。」他望向她的眼眸像是一泓深潭，令人情不自禁的陷溺，即使是無七情六慾的精靈，也被他吸了進去……

「初平……」

長老向前走近，他的每一步都伴隨著驚天動地的大變化，他沉聲的道：

「那又如何？你的使命，是讓星光體寄附在你身上，免得在人間飄飄蕩蕩、不知其位，一旦它準備脫體的時候，你也難逃最終的命運。」

「你在說什麼？」初平一愣，他完全聽不懂。

長老適時收了口，從眉後抬起眼來望向雪花，雪花被他看得渾身打顫，她知道……她留不住他了……

緩緩的收回手，她悲哀的道：

「對……不起……」

「妳在說什麼？」察覺到她的退卻，初平疑惑的開口：

「雪花？」

就要被發現了，他將會發現她是劊子手，將會憎恨她、厭惡她，不……她無法忍受……

雪花垂下眼簾，身體就要往後退，初平一見她的光芒有所變化，像是每次她來去時的變化，深恐她離去，連忙抱住了她。

「雪花！等一下！不要走！」

她無法面對他的指責，無法承受他的絕情……

這次他的呼喚沒能留得住她，只加速她離開的決心，身形越來越縹緲，點點星光

第四章

呈螺旋狀快速的轉動，像是小型的熱帶氣旋，徑直將她拉走。

「雪花……」

初平被這股氣旋吹得幾乎睜不開眼睛，雪花也要從他手裡流逝，他急著想抱住位於風眼處的她，不想讓她離開。

驀然，他的衣領被人一拉，一聲低喝：

「鎮靜點！」

他一個沒站穩，差點跌落在地，等他回過神來，雪花已經不見了。他急著嚷了起來：

「雪花呢？她跑到哪裡去了？你快把她還給我！」

「雪花不是屬於任何人的。」

察覺到自己的態度惡劣了些，初平勉強壓低了氣焰，懇求著：

「對不起，我只是沒辦法失去她。」

「你們本來就是不同個體，過去沒有交集，未來更不可能。放棄你那不切實際的夢想，別白費心思了。」

「不，我要追回他，請你告訴我，她在哪裡？」

長老望著他痴情的目光，明白他已經陷入精靈最不該接觸的境界，複雜的眼底閃過一絲無法察覺的光芒，緩緩說道：

「等你體內的星光體取出之後，又能如何呢？」

初平一怔，問道：

「你一直在說什麼星光體，那到底是什麼東西？」他隱隱感到不對。

「那原本是屬於精靈界的，因為一些原因而落到人間，寄生在人體上，等到時間一到，我們便要將它收回，不再讓它流浪。」

初平心頭猛的一沉，像某片隱晦的簾帳被撕開……

「那……被寄生的那個人體呢？」

「他將走向最終的命運。」

他的音量陡的高了起來：「最終的命運，是……死亡嗎？」

第四章

長老沒有回答。

「說啊！你說話啊！說啊！」一向溫和的初平這時候忍不住尖銳的逼問，對方越發沉默，他的心也逐漸下沉。

這就是他來到人世間的宿命嗎？成長那麼多年，活了那麼多年，一直以來他都認為，以自己的身體而言，虛度這麼多歲月，活著簡直是個累贅，沒想到……他竟然那麼重要？

「那我呢？我什麼時候會死？」他的眼神冷冽，語氣冰寒起來。

長老轉身背對著他：「等時間到。」

「那到底是什麼時候？」

長老走了出去，沒有說話。他知道快了，就在這幾天，等星光體吸盡他的生命，就會脫出他的身體。到那時，再來拿回吧！

只是這樣的決定，對初平來說是仁慈還是殘忍？

初平從長老離去的洞口往外看，外面像撒上了一層銀粉，蜂蝶飛舞，翻轉嬉戲，所有的生物都像是從夢幻中走出來的，不可思議，充滿了驚奇。只是這樣的世界，此刻在他的眼中卻失去了美麗。

※　　※　　※

「那個就是人類嗎？」

「長得好奇怪喔！」

「他怎麼會到我們精靈界來？」

「不知道耶！」

如同人間的蜚長流短，初平的到來，引起精靈們極大的震撼，由其人界和精靈界平常不相往來，隱隱的，像是有什麼變化要發生，於是他們紛紛躲在暗處妄自揣測，空氣中瀰漫著不安定的氣息。

初平不知道他已經對這個世界帶來影響，對他來講，任何事都已經無所謂、不在乎了。

這裡的風柔和而舒適，像是輕飄飄的羽毛撫過身體。空氣中有甜甜的清香，不知

第四章

道是花香、草香，還是土地的味道？漫天飛舞的蒲公英像是柔軟的雪花，從不知名的方向飄過來。

雪花……

他微怔，思緒變得空白，目光隨著蒲公英飄浮不定，無暇顧及此刻有一些精靈正在自己身後竊竊私語。

當生命快到盡頭時，還有什麼放不下的呢？

只是心頭彷佛懸掛著……牽絆著……

「叭達！叭達！」

不可思議的生物在他眼前出現，初平見到一匹馬從他眼前走了過來。這匹馬正是記載在書上的奇幻生物，牠渾身雪白、毛色發亮，額上長著角。

「你就是人類？」獨角獸好奇的將他上下打量。

「你敢跟我說話？」初平有些訝異，打從他來到精靈界，大半的精靈看到他都相當畏懼，只有獨角獸敢跟他講話。

「為什麼不？」獨角獸在他身邊坐了下來。

「他們都在那裡。」初平所指的方向，正是精靈聚集之處，他們發現他往他們所在的方向看了過來，又躲了起來。

獨角獸笑了起來。

「你能跟雪花相處那麼久，就知道你不是個惡劣的人類。」

「不是嗎？」他嘲諷著自己。

「我知道不是每個人類都那麼惡劣，也不是每個人類都能接受我們，能夠跟精靈和平相處的，事實上沒有幾個。」

初平沒有說話，獨角獸嗅了嗅他，鼻子抵上了他。

「你幹什麼？」初平被他搔得好癢。

「你有精靈的味道。」

「什麼？」

「難怪你能跟雪花相處，原來你有我們的味道。」獨角獸十分訝異，初平是第一個

第四章

具有他們特質的人類。

提到雪花，他的心中閃過複雜的情緒。

原來……她到人界，是為了取走星光體，結束他的性命，在聽到這消息時，他是那麼震撼——所愛的人，竟然要將自己置於死地？

更可悲的是，他應該要憤怒的，他卻沒有，只感到悲哀。

原來自己……是這麼不值？他深信每個人來到世上，都有他的價值存在，而他的價值，就是為了迎接死亡？

感染到他的情緒，獨角獸磨蹭著。

「喂！別的味道不該出現的。」

「你走開吧！」

「好，我會走開！我只是想說幾百年沒看到人類了，來看一看，你不但不想抓我，還趕我走？」獨角獸吃吃笑著，站起身，往前走了幾步，又回過頭來。「喂！人類，振作點！事情沒那麼絕望。」

都說獨角獸是良善的動物，看到了會帶來好運，初平並不理會這種傳說，不過牠的勸撫，讓他感覺好了些。

「謝謝。」

獨角獸漸走漸遠，消失在他的視線裡。

第四章

第五章

「進去樹洞吧！」

長老的聲音從背後傳過來，初平頭也不抬，望著猶如鍍上一層銀粉的精靈世界，視線無法聚焦。

「在哪裡不都一樣嗎？」他淡淡的道。

「你在這裡，會對其他精靈帶來很大的困擾。」留他在精靈界，或放他回人界都是一個問題，長老只好採取隨意。不過留在精靈界，可以隨時掌控星光體的動態。

「原來……我那麼重要。」他自嘲，從草地上站了起來。見到衣服上沾了些東西，正想拍開時，視線卻定在落在他身上的小東西。

蒲公英小小的白色毛球，樣子真的很像雪花……

他又想起她了，他明白她接近他的目的，不過是為了他體內的星光體，可是……

第五章

卻悲哀的無法承認這一點。

她是如此溫婉、如此良善，她從來沒有傷害過他呀！

就算是離開了他，卻依然駐留在他的心頭。她的姿容、她的空靈氣質、那周身泛著雪白光點的妍麗女子、還有那沁寒的溫度……她一定是把他的記憶凍住了，所以才一直停留在她的美好面。

他到底要將她定位在什麼角色？是派來取他性命的凶手，還是他所珍愛的精靈？

愛……愛上一個精靈，所以根本沒辦法恨她……

本來就已經沒什麼力量的他，走沒幾步，雙腳突覺虛軟無力，他靠著枝幹使力，才沒有倒下去。

「你還好吧？」長老過來扶住了他。

頭部開始暈眩，這陣子生病的頻率太頻繁，體力不如從前，再加上來到這裡之後，他才知道自己體弱多病是因為被星光體吸取了生命力，那他又如何增健體魄呢？

所以……他不是該恨的嗎？

初平靠著樹幹，喘息著，斯文的臉蛋也顯得蒼白。

來日無多了吧？他想。

最初知曉內情的震驚、錯愕、憤怒、不甘，在見到這璀璨的世界後，個性溫和的他無法詛咒這片詳和的土地，尤其……雪花她生長在這個世界……

就當自己沒有誕生，就當這不過是浮生若夢，只是……

「雪花……」他喃喃著，蹲了下來。

長老默然的看著他，長長的眉鬚讓人看不清他的表情。

※　※　※

從視線所及之處至地平線那一端，全都是白茫茫的一片，而在地平線之上，是湛藍到近乎黑色的天空，天地之間只以這兩種色調為主，越發覺得清冷。

從泛著晶光的冰宮上的窗戶望出去，雪花的美眸越過她視線所及之處。

他都知道了吧？她眼瞼一垂，眉頭一蹙，心頭一緊。

他還會像之前那般的眷戀她嗎？還會捉住她的手，叫她不要走嗎？他還會深深看

第五章

著她，整個瞳孔只裝滿了她，深邃之中蘊藉了豐沛情感，而她……也被引發出了不該有的情緒。

他還會這樣做嗎？

知道真相的他，應該會憤怒？會狂吼？還是依他溫和的個性，會什麼也不說，只是用沉默來斥責她的欺騙。

因為不敢面對，所以她逃跑了。

不敢看他的眼神，不敢面對他的反應，不敢面對兩人關係的變化。有沒有可能……他還不知道？

她嘴角微揚，卻是苦笑，這只是自欺欺人而已。

就算他還不知道，那又如何？她和他就像是兩條平行線，本來就不應該有感情，這一切……全是意外。

她不該做精靈的，她不應該有情慾、愛上一個人類的……

「雪花……雪花？」

一個細小清碎的聲音在她身邊響起，她沒有注意，直至一個有著小小翅膀的身影閃進了她的眼簾，她才嚇了一跳。

「霜……霜兒？」

「妳在想什麼？那麼入神。我叫妳叫了很久耶！」霜精靈舞動著翅膀抗議。他是個只有巴掌大的小精靈，面貌中性，留著短髮，和雪花一起住在北國的冰宮裡。

「沒、沒事。」她回到堡裡。

「怎麼可能沒事？妳自從回到堡裡之後，就失魂落魄、怪裡怪氣的。到底怎麼回事？妳到長老那出了什麼事？為什麼這麼久才回來？害我一個人在這裡好無聊喔！」

霜兒滿嘴埋怨，雪花卻置若罔聞，從他身邊走過。

「喂！雪花、等一下！」霜兒追了上去，「長老找妳啦！」

「長老……找我？」她頓了下來，「有什麼事嗎？」

「我也不知道，」霜兒聳了聳肩，「他是透過雪鏡找妳的，妳快點去吧！」雪鏡在平時外表上和其他鏡子沒有什麼不同，但它卻有著特殊的能力，是北國精靈聯繫時的窗口，位於城堡的中心。

第五章

長老找她？為什麼？跟初平有關係嗎？

她從中土跑走之後，就不敢再面對那邊的任何消息，如今長老找她，讓她一顆心跳得好快，有種恐懼感襲來……

不過她還是來到了冰宮的中心，走到了雪鏡面前。即使相隔遙遠，見到長老時，她仍忍不住畏懼，怯怯的喊了一聲：

「長老……」

「有人想見妳一面。」

※　※　※

看到那張不敢再奢望見到的臉龐，仍是那般的溫文爾雅、和善溫良，他擁有著親切的氣質，卻讓她心頭激盪，像是……像是灼熱了起來，這感覺……清清楚楚的焚燒著她的細胞、抽動著她的神經。

「初……初平……」

是她，她就在那裡。

以為是在夢中，他循著聲音覓去，張開眼睛，呼吸頓時一窒。

那個美得不可思議，美得像一幅畫，不論她是精靈、天使，都是他心中最深刻的那個人……

「雪花……」

從北國來的途中，她不斷設想與他再度見面時，會是什麼樣的場面？滿腔滿腹的翻攪，雪花感到自己快要被這股炙熱融化了，堆積的情感推擠著她，從她小巧的菱唇吐出：

「對……對不起……」

「為什麼？」見到他的第一面，她竟然說這種話？

「我……我不是故意要騙你的，對不起……」好像有什麼在眼眶蓄積，卻宣洩不出來……

「別說了，我只是……想看看妳。」

這樣的話，好熟悉……雪花怔怔的望著他，想起他曾經是那般殷切、渴求，冀盼

第五章

與她為伍，如今……還是如此嗎？

「你……你不恨我嗎？」她無法面對他的溫柔。

「恨？那又有什麼用？都已經到這個地步了，不是嗎？」初平從柔軟的床鋪掙扎著坐了起來，就是希望能再看清楚她一些。

「不該如此的……」她喃喃道。

通知雪花過來的長老，此時走了出去。

就讓他們單獨一些時候吧！

「我的時間，也剩不多了吧？」初平很清楚，「那又何必恨呢？」

不知道是他的豁達，還是他的溫柔善良，竟然原諒了她？雪花目光糾結的看著他，為自己的卑劣感到悔恨。她一向自認精靈是善良、美麗的生物，沒想到還存在她這樣的劣等者。

「你……應該恨我的。」這樣會讓她好一點。

「恨？」初平仔細想了想，搖了搖頭，「與其恨妳，我寧願……愛妳，至少在這所剩不多的時間裡，我不想浪費。」

他……愛她？

雪花捂著嘴，說不出話來，只覺得體內的溫度一再變化，溫熱而暖和。終有一天，她會被融化。

「雪花……」她在發抖？

「為什麼……愛我？這不可能……為什麼？」她是精靈，他是人類，屬性不同、世界不同，為什麼……愛她？

「我也不知道，也許……這是上天憐憫我，在最後的生命時，派妳來到我身邊。能夠與妳相遇，是我最快樂的事。」

他的寬宏、他的善良，只讓她越來越悔恨，他的命運，應該由她來承受。

雪花什麼都說不出來，只能靜靜的聽他說：

「能不能……答應……陪我走到最後一刻？」他虛弱的提出要求，雪花幾乎是毫無遲疑的答道：

第五章

「好。」

※　　※　　※

無力去體會外界的變化，所以當空氣中的騷動還是隱隱流竄，不安的大網如蜘蛛絲的攀伸出去籠罩著精靈界時，始終陪在初平身邊的雪花並未感到變化。

就連長老也不知是無意還是有意，不知消失到哪裡去，讓他們共處僅存的時間。

即使再擠出時間，初平還是沒辦法移動，他體內的氣力正逐漸消逝，這次比任何其他時候都來得令人無力，彷彿精神都被硬生生抽走了。

「我好像……動不了了。」他的腿抬不起來了。

「怎麼會呢？你再試試看。」雪花安慰著他。

「不用……試了……」他連說話都氣若游絲。「這次的狀況……咳咳……比以前……還要不行……」他大口喘著氣。「是不是……快了？」

「不、不是。」她語帶哽咽。

「雪花……」他的手在空中揮舞。

「我在這裡。」她伸出手，讓他在空中揮舞的雙手有了著落，然後被緊緊握著。

「陪我……」

「我在，我一直都在……」雪花緊握住他的手，她的心好痛好痛，她不想看到他在她眼前消逝，更不願他在離開這個世界時，是孤零零的，她答應過的，要一直陪他……

不想跟死亡示弱，然而他還是呻吟了起來，體內……像被無名的力量拔出什麼似的，那是一股極大的吸力，攝走他的五臟六腑，整個身體都要分解，讓他感到靈魂就要被帶走了……

「雪花！」

倏然一聲暴吼，將他的靈魂從半空中拉了回來。他眨眨眼，看著眼前的來人，是那個曾經想對他下手的火紅男子。

「火堯！」雪花臉色蒼白的看著他。

「妳竟然……妳竟然把這個人類帶回來？」火堯感到那道冰寒再度貫穿全身，火焰被激狂得更加熾熱。

第五章

「不是……」

「妳擅自違背精靈界的規矩，把這個人類帶到這裡來，妳知道這樣影響有多深嗎？為了這個人類，妳竟然不惜違背規定，簡直是愚蠢至極！」看到雪花陪伴在人類身邊，他的眼裡盡是血紅的火焰，話也不惜加重。

那次被她擊傷，被長老送回精靈界後，他便留在中土找個地方療養，而空氣中的精靈消息傳得十分迅速，讓他知道雪花和這個人類在一起。

「別說了！」

雪花沒有時間跟他分辯，這時候的初平臉色蒼白、冷汗直冒，情況相當不妙，而火堯竟然在這緊要關頭出現？

見她絲毫不把他放在眼裡，還一直握著那個人類的手，被妒忌焚燒的火堯失去了理智，他高舉右手，從掌心射出陣陣熱流，刮起陣陣熱風。

對溫度的變化相當敏感的雪花迅速回頭，見他向前撲來，心下一急，將初平靠在她的肩上閃過。

「唔……」初平被這震盪搞得十分難受。

「你怎麼樣了？」她焦急的問。

「他到底……想要幹什麼？」為什麼頻頻對他動手？他跟他有仇嗎？

「他……」雪花話來不及說完，火堯追了上來，他一個掌風打出，熱呼呼的勁風劃過，她身上的冰點被消融不少。

由於上次無意間傷了火堯，令雪花十分愧疚，因此她遲遲不敢動手。

「火堯，不要這樣子！」她只能喊道。

「把他交給我我就住手！」

「不可能！」見他這副模樣，誰還敢把初平交到他手中啊？

見雪花護那個人類護得心切，火堯燒紅了眼睛，掌中的火球如彗星般掃射了過去，雪花身上附著一個重量，又不想與他正面衝突，只好飛逃出樹洞。

「火堯，住手！」

向來祥和的精靈界突然發生這種狀況，周圍的精靈驚愕的往他們的方向看，雪精靈和火精靈之間的劍拔弩張，還夾雜了一個人類，讓整個情況更加莫名詭譎。

第五章

「怎麼了？」

「發生什麼事了？」

「啊！」

在火堯的一聲暴吼之下，所有的精靈嚇得紛紛跑走，有的飛到空中、有的跑離現場、有的遁入土中。

「火堯，你不要這樣子！快住手！」雪花又氣又急。

火堯已經燒紅了眼，他只想除去那名人類，而雪花無論如何都陪在他身邊，讓他眼中的火焰越來越旺盛。

「雪花……快離開……」

聽到旁邊的初平擠出這句話時，雪花驚愕的轉過頭望著他，只見他正要放開她的手，讓自己身體往下墜——

「初平，你在幹什麼？」

「他是針對我吧？反正我也快要死了。只要我離開妳的話，妳就不會受傷害。」見到她的白光被紅火吞噬，他明白她的力量正在消退。

「不，沒有這回事。」

「沒關係，放開我……我沒有關係……」反正就是爛命一條，怎麼樣都無所謂了，只要她好，他無所謂……

「不要再說了……」雪花又心疼又焦急。

他不僅不怪她，還為她的安危著想，卻沒有想到，現在最危險的是他呀！不知道何時會失去他……她絕不能讓他出事！

火堯不斷從掌中擊出火球，完全不顧他的力量會造成什麼樣的破壞，飛射而出的火球像陣陣的流星，落在草地上迅速燒了起來，花、草全部遭殃，一些尚未成形的精靈因此被燒毀，傳出細小的嗚嗚。

雪花看到這裡，心都涼了。

「火堯！不要這樣子！」

「我要殺了他！」

第五章

火堯完全失去理智了，就燒吧！把那個人類燒滅吧！把他的憤怒、他的傷心都燒滅吧！

雪花顧著初平當然逃不快，她的力量在與火焰的追逐中逐漸消退，初平不想成為她的負擔，他掙脫她的手，讓自己掉下去——

「初平！」雪花大驚，失聲喊了起來。

好機會！火堯見機不可失，一團火球向他飛了過去。初平人在下墜，而火焰又跟了過來，不論是摔落地上或是被火球擊中，他都必死無疑。

怎麼死都無所謂，只要她沒事就好，初平閉起眼睛……

至少他很高興，他認識了她，知道這個世界上有她的存在，而不是虛度漫漫歲月毫無意義。

雪花，再會了……

他放任自己的身體向下墜去。

雪花哪會任他下墜？她雙掌向前，一道白光猶如金星般射了出去，向那團火星飛去，一團雪白的光芒劃破點點紅星，向初平飛去——兩道力量在空中撞擊，迸出陣陣激光。

空中盡是刺目的白光、眩目的紅光，灑落在精靈界的中土上，被紅點射到的土地如被火燒，草石俱焚；被白光罩住的地方則如冰雹降臨，凍結霜雪，波及的範圍比想像中還龐大。

四周傳來此起彼落的淒厲叫聲，不知道有多少精靈受傷，一向詳和的精靈界突遭此動亂，更顯怵目驚心。

又是冰雪又是烈火，耳邊盡是哀嚎，美麗的精靈界已成一片地獄⋯⋯

第五章

第六章

初平一覺醒來，背後已冷汗涔涔。

下墜的恐懼感如蜘蛛絲般緊緊攀住，風速強勁得令他無法呼吸，更可怕的是那又是烈火、又是冰霜的恐怖景象，耳邊彷彿傳來不名生物的淒嚎，那是似乎是一種剛出生不久的小生命在啼哭……

他從床上坐了起來，推開窗戶，讓沁涼的溼潤空氣透了進來。

奇怪，怎麼又是這個夢？真實得彷彿曾經經歷過，但是……他卻毫無印象。那樣奇特的經歷，怎麼可能會在現實生活中出現呢？一切不過是自己的想像力作祟吧！

走下樓，桌上已備好早餐，林慧穎邊看他下來邊將牛奶放進微波爐加熱，說道：

「初平，可以吃早餐了。」

「好，我去洗把臉就來。」

第六章

見兒子箭步如飛，作母親的不由得感到一陣欣慰。

雖然她不明白三個月前被送進醫院的兒子到底是如何被治療的？也不明白他從醫院消失了三、四天，究竟是跑到哪裡去？總之他再度出現時，她所有的擔心都消失了。

他不但不再動不動就感冒、一受冷就發燒，也不會半夜還要掛急診，更不用時時牽掛他的病情，目前的他已與常人無異。

剛開始時，她還有些不敢相信，以為這只是短暫的過渡時期，然而經過了這麼些日子，她已習慣他的轉變。

對一位母親而言，這真是值得慶賀的事。

回到餐桌用畢早餐，初平拿著背包準備出門，林慧穎不放心，還是跑了過來在他背包裡加件外套。

「回來時要是著涼了，可就不好了。」

初平沒有異議，他笑笑的出門。能夠這麼輕鬆愉悅、步履輕快的散步在外，是很難得的事，所以他提早出門，享受那一份閒逸。

只是……他好像遺漏了什麼很重要的事，一直想不起來。

初平努力思考，卻不得其解，只好先擱著，等想起來再說吧！待到了學校從籃球場旁經過時，心頭像被某根看不見的線頭輕輕一牽……

猶如掉落了什麼，他回頭一看，卻看不清後方……

「初平，你怎麼這麼早到學校？」背後有人一拍，他回頭看，是班上的同學何文豐。

「沒什麼，來學校走走。」

「你最近身體不錯喔！比上學期好多了。是不是吃了什麼靈丹妙藥？才恢復得這麼神速。」

「沒有啊！」

「我要去圖書館查通識課的資料，你要不要跟我一起來？」

由於他們兩人一同修通識，學期末要交報告，初平很快便應允了。而這堂課程也十分輕鬆有趣，主題是西方神話傳說，只要他們提出心得，便可輕鬆過關，所以選這

第六章

堂課的人不在少數。

「初平，你覺得精靈這種生物真的存在嗎？」

何文豐突然提出問題，初平愣了一下，答道：

「不知道。」

「我本來想選那個蛇髮女妖來做報告，小宣偏偏不准，竟然要我找這種什麼精靈的報告？雖然說莎士比亞在《仲夏夜之夢》有以精靈為主角寫了一篇故事，可是你不覺得那只是想像而已嗎？既然都是想像，為什麼不選蛇髮女妖比較刺激？」何文豐一邊抱怨，一邊尋找有關精靈的書籍作為報告的資料。

初平有些恍惚，思緒一下子分散，直至何文豐打了他肩膀一下他才醒過來。

「我剛剛說的你到底有沒有聽到？」

「啊？什麼？」

「你還沒好嗎？怎麼又變得散散的？」

「唔……我剛剛只是在想事情。」初平含混帶過，他自己也不清楚在體質改變之後，精神為什麼會變得這麼不濟。

心頭空空的，似乎……少了什麼很重要的東西……

※　※　※

今天並沒有多少課，然而初平還不想那麼早回去。他待在家裡的時間太久了，他需要呼吸外面的空氣。

不過他也不知道要往哪裡去，只是隨便在街上走走，看著人來人往的街道、櫛比鱗次的高樓、川流不息的車陣、灰濛濛的天空，像是混雜在空氣裡的二氧化碳，無可奈何的讓它吸進肺部。心中所渴望的淨土，似乎只能在想像中出現。

走得有些久了、累了，他決定找個地方歇息。旁邊剛好有間咖啡廳，他進去坐坐好了。

伸手推開玻璃門，一隻腳跨了進去，門才推到一半，人也還沒完全進去，門口的風鈴便響了起來，通知著裡頭的店員，他以為會聽到店員制式化的招呼聲，未料卻是一個細小清脆的聲音：

「就是你！就是你！」

第六章

一個細細小小的聲音傳了過來，聲音雖然不大，卻很清楚的傳進他的耳朵，彷彿有人站在他的耳邊。

眼前倏的閃過一道白光，初平驚奇的發現那道白光彷彿具有生命力般在他眼前飛舞。待他定神一看，是一個有著透明翅膀、全身閃爍著璀璨光芒的小人。

「你……你是誰？」

「我是霜兒，我是來帶你去找雪花的。」

「雪花？什麼雪花？」

霜兒張大了那斜斜往上揚的眼睛，不可思議的道：

「你說什麼？難道你真的忘了雪花？」

初平聽不懂他在說什麼，更不敢相信眼前的景象，難道是今天的太陽太大，他中暑了嗎？要不然為什麼他產生了幻覺，連聽覺、精神都出了問題？

「這到底……是怎麼回事？」他想要從這如夢似幻的情景中脫離，卻發現那個小不點還是在眼前。

難道大白天的，又是在熱鬧的都市，也會出現鬼嗎？

「我在跟你講話，你到底聽到沒有？」霜兒生氣起來，飛到他的鼻前。

即使被這樣一個小人指著鼻頭大罵，初平也無法動怒，光是這奇異的情況就讓他應付不過來了，更何況還要理他？

「你……是真的？」

「我當然是真的，難道還是假的？厚！你真的很白痴耶！人類都像你這樣嗎？」

初平的好奇心被勾了起來。「你說我是人類，那你又是什麼人？」

「我？我是精靈，霜精靈。」霜兒抬頭挺頭，相當驕傲的道。

「真的有精靈？」他更驚訝了。

「當然有精靈！難道你以為世界上只有你們人類嗎？你們人類自詡為萬物之主宰，卻連這點都不知道。」他嗤之以鼻，驀然想到：

「哎呀！我不是來跟你抬槓的，我來找你是為了帶你去救雪花的！」

「雪花？」他真的困惑了，他到底在說什麼？

第六章

「不要說你忘了雪花，你要是敢說你忘了雪花就給我試試看！」霜兒更加生氣了。

「我不知道你在說什麼？」

「混帳人類！雪花怎麼會愛上你！」霜兒生氣的大吼，那高頻率的聲音刺進他耳朵，令他產生耳鳴，他忙摀住了耳朵。

等他放下手，再去尋找那小人兒時，奇異的景象已經消失了，看到四周的人都以奇異的眼神看著他，把他當成神經病。初平眨了眨眼，再眨了一下，這裡仍是熟悉的環境，那剛才……只是一場白日夢嗎？

※　　※　　※

「哥，你房間裡的錄音機借我，我的壞掉了。」佳純從初平的房間走出來，手裡拿著初平的錄音機。

「妳進到我房間了？」也不先問問他？

「哎喲！借一下嘛！聽完就還你。」佳純一點都沒有不好意思，反正他是她哥嘛！

初平也無可奈何。「對了，你房間窗戶怎麼都不關？風很大耶！小心你又感冒。」

「不會了，妳不覺得我最近強壯許多嗎？」

「話是這麼說沒錯，不過你還是保重點。」

佳純就是這點可愛，所以初平很少與她計較。他回到房間，將佳純關上的窗戶重新打開。最近他習慣打開窗戶，讓涼爽的風吹進來，也彷彿在等待什麼人的到來……

風勢陡的變冷，似是突然降溫，他不禁打了個冷顫，不明白的望向晴朗的天際——

「跟我回去精靈界！」

一個細細的聲音響起，他嚇了一跳，轉頭循向聲音來源，赫然發現今天看到的那個小精靈竟然出現在他眼前。

「這……不是夢？」他驚訝極了。

「什麼夢不夢的？你以為我在跟空氣說話嗎？」霜兒相當不悅。後來想想，跟他生氣毫無意義，只得壓下怒氣，憤憤的瞪著他。

「既然不是夢，可是精靈……」這種超脫現實的事，相當不可思議。

第六章

「精靈又怎麼樣？你不是還愛上雪花嗎？」霜兒努起嘴巴，後來又嘆了口氣，「算了算了！你已經失去記憶了，我幹嘛還跟你生氣？可是現在也只有你能救雪花，你就跟我走一趟精靈界吧！」

他口口聲聲雪花，初平相當疑惑。

「雪花到底是誰？」

霜兒望著他，從鼻子噴出大氣：

「雪花是你所愛的精靈呀！你真的全都忘了嗎？在你的心底，還有沒有一點她的存在？就算記憶消失了，好歹還有點殘存的印象吧？雪花好可憐，以後都不會再醒過來了……」

霜兒說了很多，但都沒有說到重點，初平煩躁起來，他打斷他：

「你可不可以說清楚一點？」

「好，我就全部告訴你。」霜兒深吸一口氣，說道：

「幾個月前，雪花奉長老的命令，來到人界要取回屬於精靈界的星光體。而這個星光體要待在人界，就必須找一個宿主，才能生存下去。沒想到雪花卻愛上了這個宿主，不忍心將星光體直接從宿主的體內拔除，因為這樣的話，宿主就會直接死亡，可是如果不拔回去的話，星光體在吸取宿主的能源之後，宿主同樣會死亡，所以她愛得很痛苦。」

初平聽到這裡，大為驚愕，他有種感覺，自己和這個故事有關聯。

「然後呢？」

「然後？當然是因為她遲遲沒有回去交差，所以被其他精靈發現，雪花為了保護這個宿主，和火精靈起了爭執，甚至到最後，還波及到整個精靈界。你知不知道為了你，雪花被整個精靈界罵得多慘？」

雪花？火精靈？腦海像是有什麼一閃而逝，他想起了那個夢……

「精靈界……怎麼了？」

「怎麼了？你還敢問怎麼了？」想起他失去記憶，霜兒只得壓下不平，繼續說道：「因為你，中土有的地方被火燒，有的地方被凍結，傷了其他的精靈不說，更可憐的是那些尚未成形的精靈，因為遭受這場劇變，還沒出生就死亡。雪花首當其衝，

第六章

成為其他人抨擊的目標，到最後，她竟然甘願埋入冰柱，讓自己陷入永恆的睡眠。而這些……全都是因為你！」說到最後，霜兒更加義憤填膺。

初平聞言震驚不已，被指責得幾乎喘不過氣。霜兒所說的故事，他竟然無言以對。

「因為……我？」

「不是你還有誰？你不要想抵賴！」霜兒義正詞嚴。

初平深吸口氣，腦海一片空白，半晌才慢慢恢復運作。他很清楚，目前他所經歷的，並不是一場夢，而是真實得令人心驚，更加衝擊的是霜兒的故事，那幾乎令人發痛！

「為什麼……我全部沒有印象？」

「那是因為在那場跟火精靈的衝突之中，你被他們的力量波及，反而令你失去了記憶。因為如此，所以他們決定把你送回人界，不想再跟你有瓜葛。」

初平心頭茫然，不知所措。「那你為什麼又來找我？」

「那是因為……」霜兒眼神一黯，嘴角抿了起來，帶著哽咽道：「雪花就這樣陷入永恆的睡眠，她好可憐，還被人家罵成那樣……她真的好可憐……」要不是他無法落淚的話，他早就哭得唏哩嘩啦了。

「雪花……」這個名字，這麼熟悉又這麼遙遠……

「總之，現在只剩下你可以救雪花了，快跟我回去精靈界吧！」霜兒飛到他的肩頭，拉著他的衣裳就想飛走，當然是徒勞無功。

「救？怎麼救？」

「我也不知道，是獨角獸說的。她說現在那個星光體在你體內，只有星光體救得了她，所以我就來找你了。」

「獨角獸？」他又被混淆了。

「厚！你問題很多耶！要不是那次衝突，雪花的力量和火精靈的力量不小心把星光體嵌在你的靈魂，拿也拿不走，我幹嘛要來找你？你可以走了吧？」

什麼星光體，什麼精靈，初平完全不懂，唯一刺激他的是，心底那份空虛的

第六章

疼痛……

那一直不能填補的，就是這個故事嗎？

※　　※　　※

精靈界　北國

風呼嘯直吹，刮得他的耳朵像是要掉落，就算再強壯的身體，突然到達冰天雪地之中，也承受不住。那零下不知道幾度的白色世界，掠奪著他的溫度。

初平身體一晃，跌入雪堆之中。

「我怎麼降落在這裡？難道我算錯距離了？」霜兒叫了起來，只見初平臉色迅速泛白，身體縮在一起，趕緊道：

「你等一下，不可以出事喔！我馬上就回來，等我一下喔！」說著便急急往前，消失在漫天飛舞的雪花之中。

好冷……身體快要凍僵了，急劇而來的冰寒讓他的心臟倏然收縮，幾乎無法呼吸。而不斷下墜的雪花，遮住了他的頭髮、眉毛、皮膚，他將身體縮在一起，以殘餘的溫度抵抗那巨大的寒冷。

他應該問清楚的，而不是貿然答應霜兒來精靈界，看看他為自己惹了什麼禍端……這零下不知幾度的世界，有穿衣服跟沒穿衣服一樣的寒冷。

風不斷在吹，雪不斷在飄，才過了一小會兒，卻彷彿過了數十小時，緊接著他看到眼前有一個黑點飛了過來，定睛一看，那竟然是一件……毛氅？

當然，毛氅不會自己飛，這是霜兒拿過來的。

「快點快點！這件給你。」霜兒將毛氅丟到他的頭上，怕他凍死。

初平伸出凍僵的手指，將毛氅穿上，像是具有魔力似的，他的手、他的腳，包括他的肌膚與頭髮，全都暖和了起來。他驚異的問：

「這件是……？」

「這是獨角獸交給我的，他說人類要是來到北國的話，會被凍死的，所以才交給我這件毛氅。只是……」他有些不好意思的說道：

「我應該直接把你帶到冰宮的，沒想到卻差了一段路，對不起喔！」

第六章

初平想生氣也無可奈何，他都被他帶到這裡來了，如果真的起了爭執的話，誰知道還會出什麼事呢？再說前面的冒險更具吸引力，他不再追究。

雖然身體不再寒冷，但風雪不斷吹著，阻擾著他的視線，他瞇起眼睛，看向前方的唯一白色建築物。那是一座城堡，孤單單的站立在那裡，透露著孤單與寂寞……

雖然他還是不明白自己究竟發生過什麼事，但是……心中有股力量在驅使，讓他不斷的往前方踏出，找回心底失落的那一角。

這裡……雖然不夠溫暖，但是……他卻覺得這是他該來的地方。

很奇妙的感覺，他也搞不清楚，不過……一切都會有答案的。

跟著霜兒往前走，不過心急的霜兒忘了他在空中飛，而初平在地上走，為了要趕上他，初平急忙往前跑，卻不慎跌入雪堆中——

「咳……咳咳……」不小心吃了滿口雪，他連忙將它吐了出來。

霜兒飛了回來。

「你怎麼那麼笨手笨腳？連走路都不會走？」

「習慣……就好了……」他站了起來，重新前進。

「我看你還沒到冰宮，就已經被雪壓死了，真是的……啊！你可千萬不能被雪壓死，雪花還等著你去救他呢！」臨時想到這一點，霜兒想想還是不能對他太壞，回過頭來看他。

「雪花……她還好吧？」事實上，他已經忘了她長什麼樣子。但是這下雪的北國，喚起了他某種感覺……

「被冰在冰柱怎麼會好？雖然大家沒有說，她卻自己懲罰自己，哪有這麼笨的精靈，好可憐的雪花喔！」霜兒只要想到雪花，就會嘆一口氣。

雪花……

望著漫天飛舞的風雪，對於冰柱裡的那個精靈，他更渴望見她了……

第六章

第七章

來到冰宮時已不知過了多久，時間在這裡並沒有意義，所有的一切似是靜止的。一進到冰宮內部，便靜得出人意外。

初平讚嘆著這棟猶似水晶的城堡，不論是屋頂、牆壁、大門、地板，全都是由透明的冰雪所建造的。加上不同光線的折射，彷彿數道美麗的彩虹在各處跳舞。這樣巍峨瑰麗的城堡，也只有精靈界才蓋得出來。

「這裡……就是冰宮？」

「對呀！」霜兒向前帶路。

「這裡只有你跟雪花住嗎？」他看不到有其他生物。

「嗯……嚴格來說，是的。」霜兒想了想才回答，初平並沒有深問，他被眼前的景色著了迷。

第七章

這裡清靈、空幽，住在這裡的精靈……除了霜兒之外，又是什麼樣子呢？他突然很渴望見到雪花，那個不斷提起的名字的主人。

「往這裡走。」霜兒在一扇門前招呼。

初平跟了過去，等他走到門後之後，不禁愣住了。

門後的空間是層層階梯，忽而上、忽而下，有些階梯走到平臺又分岔，有的向上、有的向下、有的左右分歧，簡直是座迷宮，要不是有霜兒的帶領，像這樣到處都是透明的壁面，他一定會迷路。

等他幾乎走遍所有的階梯，來到盡頭時，他眼前出現了一幅不可思議的景象，一個在空中的女孩，像是定格住了似的，她蜷縮著身體，雙眸緊閉，困在巨大的冰柱之中。

她的容貌清麗，五官細緻，薄弱得像是隨時會化了似的，所以需要冰雪困住她的美貌。

而她的眉頭輕蹙，似是承受了痛苦與悲哀，這讓他心頭一悸，像是被什麼狠狠的抽了一下……

「她是……雪花？」

「對，她就是雪花，就是為了你才被困在這裡面。可惜我的力量不夠，要不然絕對不會讓她陷入永恆的沉睡。」霜兒憤恨的道。

為了他？她是為了他？

初平所受的刺激太過震撼，他的思維無法動彈，只是怔怔的、怔怔的看著雪花，而心中泛起的莫名痛楚，則讓他幾欲潸然……

「雪花？」他從嘴角輕輕吐出這個名字，走上前，想要摸摸她，但是中間隔了一道冰柱，他再也無法靠近。

「為什麼不救她？」他問道。

「救她？我當然想救，你以為我不想救嗎？可是我剛才說過，我的力量不夠，沒辦法進去這個冰柱，所以才找你來呀！」霜兒面有慍色，惱火的道。

「救她？要怎麼救？」他輕聲詢問，怕驚醒了沉睡中的雪花。

「我不知道，獨角獸說只有你才能救她。我不對你生氣了，你救救她好不好？」自

第七章

從知道雪花是為了這個人類才淪落到這個地步，霜兒一直對初平抱持著敵意。

可是為了雪花，他可以放棄成見，何況他並不是故意忘記雪花的，他失去記憶了呀！

他當然想救她，胸中泛起的憐惜與柔情龐大得令旁人無法想像，莫非他失去的那一部分記憶，真的與她有著千絲萬縷的聯繫？他好想找回屬於他們共同的記憶。

「我也想救她，可是……我真的不知道該怎麼辦。」

「不可能，獨角獸說只有你能救她。」

「我不知道要怎麼救她？我真的不知道……」他憎恨自己的無力。她就在他眼前，而他什麼都做不了……

霜兒睜大了眼睛，難以置信。

「不可能！不可能！」他費了千辛萬苦，明知自己的能力不夠，還是偷偷跑去人界，把他帶了過來，結果……他竟然跟他說他不知道要怎麼救她？

初平將手放到冰柱上面，看著雪花，彷彿這樣就可以碰到她，以為這樣就可以喚醒消失的記憶。

「你走開！你不要碰雪花！」霜兒生起氣來，將他推開。然而他並沒有辦法真正將初平推開，只是用雙手拍打著他。這對初平來說，不痛不癢。

「雪花……」初平望著那雪白容顏，努力截取腦海中電光石火的一刻。

「走開！走開！」霜兒不斷推打，初平並不予以理會。

請讓他想起來吧！喚醒他曾與她共有的記憶，讓心中滿懷的酸楚與不捨，還有見到她溢出的深深愛戀與柔情得到解答，即使再細微，他都不想失去她的任何一部分。

「雪花……」

細嚼著這個名字，讓它在嘴裡不知化了多少次，只希望她能從冰柱內重新走出來，那個精靈……雪花……

見初平絲毫不為所動，霜兒不禁氣餒，他也不是真的要傷害他，只是想發洩一下情緒罷了，見他連個反應都沒有，不禁惱火的轉身離開——

倏然他小小的身體被抓住，他急忙大喊：

第七章

「救命呀！」

初平連忙鬆開手。「對不起，對不起，我不是故意的。」

霜兒退到一旁，撫摸皺損的翅膀，離他數尺遠凶巴巴的道：

「你想幹嘛？要謀殺我呀？」

「不，不是，你別誤會，」初平連忙揮手否認，「我只是想問你一些事情而已。」

「什麼事情？」他悻悻然道。

「這裡有沒有火？」

「啊？」

「我是想……想說如果要救雪花出來，就得先把這個冰柱融化，可是這裡幾乎都是冰。你知道哪裡有火嗎？」

融化冰柱？

霜兒瞠目結舌的看著他，這可是他從來沒有想過的問題，他們向來與冰為伍，從來沒有動過這種念頭，那違反他們的生存原則。

見霜兒呆若木雞，初平又再追問：

「你倒是說說話呀！」

「這……我不知道啦！你怎麼會有這麼奇怪的想法呢？我們離開火都來不及了，又怎麼可能有火呢？」霜兒被他驚世駭俗的想法慵到。

他們一個是雪精靈、一個是霜精靈，怎麼樣也和火搭不上。可是現在雪花被凍在冰柱裡，不將她從冰柱融化，又如何解救？

「難道沒有火嗎？我的意思是，能不能從其他地方弄來一點？」初平不死心。雖然不知道行不行得通，但也不失為一個辦法。

「這……也不是沒有火啦！只是一般的火很容易就熄滅，要融化冰柱可不容易，我也不知道哪裡的火有這種能耐？又不是南國的……」他倏然住口。

「南國？什麼南國？」初平追問著。

「就是在中土的南方啦！那裡住著火精靈，那裡的火苗由火精靈控制，不容易熄滅，我也不確定它能不能融化冰柱。」

第七章

「太好了，那我們就去南國吧！」初平興奮的開口說道。

「嘎？」霜兒被他說的話嚇到，人向後飛了數尺。

「我們去南國，想辦法帶點火回來。」

霜兒這時候才察覺他說錯什麼話了，到南國？那不是等於要他去送死嗎？雖然還不到那個地步，可是他們一個是霜、一個是火，他到那裡不會好過的。光想到南國那高溫熾人的氣候，他就一陣哆嗦，彷彿已經感受到那股熱氣。

「你……說……什麼？」他臉皮抽動，嘴角顫抖。

「你怎麼了？」初平看他不對勁。

「不，沒有、沒有。」他壓下驚慌的情緒，掩飾的道：

「一定要去南國嗎？有沒有其他的辦法可以救出雪花？」

「如果有其他的方法，那當然更好……但現在除了這個方法之外，我們還有得選擇嗎？」

霜兒啞口無言，目前似乎只剩這個方法了，可是……

初平再度開口：

「你也很希望雪花能夠醒來，不是嗎？」

「嗯。」他點點頭。

「既然這樣，只要有一點希望，我們都不能放棄，一起去拿火苗吧！」

※　※　※

霜兒也不知道自己是怎麼答應的，只知道為了雪花，他忍受高溫的炙烤、逼人的汗氣，他整個人快要化成一攤水了。雖然他從北國帶了一塊冰雪放在脖子以驅暑，但脖子以外的地方快要將它融化了。

而初平也沒好到哪裡去，他才剛踏到這片土地上，就已經感到薰風逼人，體內的水分像是要蒸發似的。

「這裡……就是南國？」他汗如雨下。

「對、對。你要拿火就快一點，拿了我們馬上走。」霜兒連話都說得急促，不想多留一刻。

第七章

雖然他們利用的是空間的捷徑，從冰宮裡那面雪鏡通到南國來，沒有歷經漫長的旅途，但是瞬間撲面而來的熱度，實在讓人受不了。

初平舉目望去，這裡像是火焰山，地上長的不是花草，而是硬土和石塊，那如滾散的紅絲線，竟是滾動的火焰。空氣中盡是薰騰的熱氣，吸入肺部都覺得在燒滾。

他蹲了下來，想找可以將火帶走的東西，放眼望去，除了火焰還是火焰，總不能把火放在手裡拎著走吧？

「你在幹什麼？快一點……」霜兒催促著，他話還沒講完，突然一聲暴吼響起：

「你在這裡做什麼？」

已經被熾熱的環境折騰得受不了再加上作賊心虛的霜兒，聽到這突如其來的聲響，嚇得跑到初平身後，而初平則是驚愕的看著來人——是名全身通紅，身上只在腹部繫著一條布，赤腳走在地上的男子。

那全身通紅，包括頭髮、眼眸盡是赭色的男子見到他時，亦是相當驚駭。

「是你？」

「你認識我？」初平更加驚訝了。

「你怎麼會到精靈界來？你為什麼又回來了？」火紅男子十分驚怒，手指著他大吼，狂亂的頭髮因他的氣勢而飛揚空中。

又回來了？他真的來過這裡？初平莫名的看著對方，心中湧起一陣激動。然而火紅男子接下來的動作，更令他措手不及。

「哇啊！救命呀！」霜兒見他撲了過來，嚇得尖叫起來。

初平被他扼住脖子，倒退了兩、三步，那男子的手彷彿燒得火紅的箝子，不但緊緊箍住，還炙熱得令人難以忍受。

「住……住手……」他快不能呼吸了。

「火堯，你別這樣，會死人的！」霜兒害怕的道。

火堯？腦海中霎時閃過一些畫面……他似乎曾遭受這名男子的攻擊？除了火堯，還有一副雪白的容顏……

那盈盈眸光，總是閃爍著楚楚動人和憂愁的神情，牽扯著他的心頭，龐大的憐惜

第七章

與愛戀湧了上來，帶回與她的一切……

是了，他們曾有過晶盈剔透、純淨碧澈的情感，那份以心貼著心的感受，他怎麼會忘了呢？那是如此撼動心扉，連整個靈魂都動搖了，他怎麼會……怎麼可以就這樣忘了她呢？

雖然被他勒得不能呼吸，但記憶也被他擠了出來……

「快逃！快逃呀！」霜兒害怕的在他身邊大叫。

雪花……喚回的記憶為他帶來了力量，初平捉住了火堯的雙手，就算燙手，他也得想辦法從他不斷襲面的熱氣中逃脫……

火堯見他掙扎，更加狂怒了，屢次想要取走他的性命，卻無法得償所願，難道他真的是他命中的勁敵？要不然他所屬的力量，怎麼都流向他了——

咦？

火堯大吃一驚，想要鬆手，手卻像黏住似的，離不開了。

怎麼會這樣？這是怎麼回事？火堯想要逃脫，力量卻不斷流失，而初平只覺得全身越來越熱、越來越熱，像火在燒……

「好……好熱……」他面色潮紅，呼吸急促。

在火堯的亟欲脫手及初平的用力推搡之下，兩人終於分開了，卻因用力過度雙雙跌倒在地。

「我們快走！」霜兒衝上去，在初平耳邊叫道。

「可是……還沒拿到火……」初平望著滿山滿谷的火焰，卻無法取得，相當不甘心。

「你沒看到火堯想要殺你嗎？萬一你沒命了，雪花怎麼辦？」

經他一提醒，初平只好先暫時放棄，他站了起來，轉身和霜兒離開，走進那道由雪鏡打開的雪白結界，回到北國去。等他們進入結界之後，那道雪白的結界也闔上消失了。

火堯邊喘息邊望向離去的初平，他跟霜兒在一起？他們是從北國來的嗎？那麼……沉睡在冰柱裡的雪花呢？

第七章

※　※　※

熱……好熱……即使踏出了雪鏡，回到了北國，身體仍像是火在燒似的，血液在沸騰、骨骼也在焚燒著。初平靠著牆壁，喘息著，以為這樣就可以把過多的熱氣排出體內。

「啊！」霜兒尖叫起來，叫得他頭好疼。

「你……不要叫了……」初平撫著額頭，痛苦的道。

「可……可是……冰融化了！」霜兒驚異的指著他靠著的牆壁，一雙眼睜得比他的嘴巴還大。

初平聞言轉身過去，見到他手靠著的地方正在融解，還冒出氤氳白氣，他趕緊收了回來。

「這……是怎麼回事？」他不敢相信的看著自己的手。

適才因為要到南國去，所以把霜兒給他保暖的毛氅留在雪鏡之前，現在他回來了，不需要毛氅，身體仍感到熾熱不已。

「我不知道……」霜兒呆呆的望著初平，這個男人比他想的還不可思議。

望著自己發燙的手，初平懾於自己的變化，突然之間他想到什麼，忙道：

「快，快去救雪花！」

到南國去就是為了雪花，現在不知道什麼緣故，他能夠融化冰牆，那冰柱也不成問題了吧？

不管了！疑惑就暫時先放置一旁，初平站了起來往前進。他每踏出一步，地上就烙出一個痕跡，就像走在海邊的沙地上，每一個腳步都清晰可見。

走過迷宮似的中庭，來到了冰柱前，那朵冷凍花朵還佇立在冰中——美麗，永遠不會凋謝。只是，碰不到她……

萬般情緒全湧了上來，雪花，他差點就看不到她了，雪花，他的雪花……

走上前，他呼出口氣，見到冰上有了反應，他把手放上去，竟感到十分涼爽，冰柱在他手中，也逐漸消解……

接下來的發展實在是太夢幻了，冰柱在他的掌中輕輕鬆鬆的消融，讓他身體前進，彷彿人魚般自由呼吸著步入海中，毫無窒礙。

他撥開眼前的冰柱，來到了雪花面前。

她是如此的清麗，整張臉細緻猶如潤玉，精緻的五官像是用畫筆細細描繪，刻在他的心上……

「雪花……」他伸出手，被冰封的她浮在半空中，彷彿飄在雲中的仙子，而他正在邀請她下凡，回到他身邊……

摸著她的手，帶動了她的身體，他滾燙的雙手碰到她冰凍的雙手，瞬間化解了他的不適，只覺十分清涼……初平將她輕輕的往前帶，離開了冰柱。

出了冰柱，雪花的身軀落了下來，初平抱住了她，一旁的霜兒興奮的喊了起來：

「太好了！太好了！你真的救了雪花，真是太好了！」

初平無暇理他，他注視著落在他懷中的嬌軀，心神均為她著迷——他終於又找回她了。

「她什麼時候會醒來？」他問道。

「呃……不知道耶！」霜兒臉色一垮。

他還只是個小精靈，能力及力量都在雪花之下，光是偷偷跑到人界去找初平，還要平平安安的回來，就已經是他的極限了。

如果……她沒辦法醒來呢？初平心頭猛的一縮，他跑到南國去，就是希望能找到讓她離開冰柱的方法，如果她繼續沉睡的話，那……他該怎麼辦呢？

不！不行！

雪花，醒來吧！從沉睡中醒來吧！不要因為我忘了妳，妳就遺棄我，雪花，求求妳醒來……醒來……

第七章

第八章

唔……她不是在睡嗎？為什麼連寂靜的記憶，也逐漸浮現？她只想好好的安眠呀！

不要再想起，不要再面對，當時他掉下去的那一刻，現在想起來，還覺得心悸，她只覺得心都跟著他而去，而隨之而來的毀滅火焰更令她驚駭，她施出自己的力量想要阻止他被火焚身，沒想到仍是來不及——她與火堯的力量均擊在他的身上。

「初平！」她大駭，停了手，急撲而去。

被冰雪與火焰力量擊中的初平，像是瞬間蒸發的水滴，從他的身軀迸出刺目的紅、白光芒，溫度也忽冷忽熱，土地上正在孕育的精靈因承受不了這種力量而紛紛委縮……

「住手！」

第八章

一聲威嚴且急切的聲音闖進這場爭鬥，一道驚人的力量如漣漪般擴大，波動凝住了空間的紛亂，傷害卻無法彌補。

長老拄著拐杖，蒼老的臉龐仍如王者般震懾著全場，只有雪花不顧一切，著急撲向落地的初平——

「初平……初平……」她急急呼喚，他卻沒有回應。

明明皮膚十分蒼白，然而他的身體卻滾燙得灸人，她一驚，並沒有因此退縮，反而抱住了他。

為什麼？為什麼會這樣？她處心積慮的想保護他，為什麼還是讓他受到傷害？

雪花雙眼盈滿痛楚，身心俱疲，如果可以的話，她希望不要把他捲入這場風波……

「雪花！火堯！你們兩個已經傷害到這個世界了。」長老厲聲斥喝。

雪花抬起頭來，懷裡抱著初平，第一次，她感覺到什麼叫寒冷。

在視線所及之處，原本是美麗的樹木及花草、蔚藍的天空及如絮的白雲，如今盡是被凍傷和焚毀的跡象，大地為之變色，滿目瘡痍，還有那些脆弱而未成形的小精靈……聲音雖然微弱，但是精靈的敏感度比人類還高，所以她聽得到它們的哭泣、哀號……

見到紛亂平息，躲在暗處的精靈們紛紛走出來。

「雪花，我的臉……」花精靈撫著殘缺的臉，哭泣了起來，她一向最重視自己的臉蛋。

「我的腳……好痛喔！」樹精靈也跟著喊道。

「我的手……」

「我的身體……」

哀泣如海嘯般向她洶湧而來，幾乎把她淹沒，雪花靜靜的接受眾人指責，那言語如尖銳的刀箭，全部刺在她的身上，讓她陷入了無邊無際的黑暗地獄。她想要逃開，但無論到哪裡，都躲不了他們的指責。

她不是故意的，真的不是故意的……強烈的愧疚向她襲來，她無處可躲、無處可逃，她失去了一切，包括他……

第八章

「初平他……他怎麼了？」她聽見自己的聲音在詢問，抬起頭來，眼前出現微弱的光線，這裡是……長老的樹洞——

一切變得清晰起來，中間有一團火焰在燃燒，初平躺在一邊的床上，臉色慘白，雙眸緊閉，身體毫無動靜。他……他死了嗎？

「他睡著了。」長老的答案令她鬆了口氣。「不過……」她的心又被提得高高的，「他失去了記憶。」

「什麼？」她的臉色慘白。

「由於兩股力量的交會，讓他的身體受到劇烈的衝擊，導致他失去了記憶。」

他失去了記憶？怎麼會這樣？怎麼會？那些屬於他們兩人的回憶，他也記不得了嗎？

「不、不可能！」她大喊。

「他並沒有死亡，不是嗎？」長老冷冷的看著她。

話是這樣說沒錯，可是……雪花喘不過氣來，為什麼會這樣？他怎麼可以忘記她？他一直叫她不要走，然而……他卻丟下了她……

「能不能救救他？長老。」她懇切的道。

「雪花。」長老淡淡的看著她，沉聲道：

「他不是我們世界的人，妳和他是不可能的。他的到來讓這個世界發生了這麼多事故，難道妳不該反省一下嗎？」

雪花怔怔的看著長老，覺得……眼前一片黑暗……

「我只希望……他沒事……」

「他很好，他再也不會有事了。」

雪花不明所以。

「本來該脫體的星光體，因為這場變故，和他的元神融合在一起，成為他的一部分。」

「和他的元神……融合在一起？這是什麼意思？」

「這是指星光體再也威脅不了他，他將和星光體共生共存。星光體不會再吸取

第八章

他的生命力，而是與他的生命一起滋長，他可以延續他的生命，再也不會受星光體影響。」

這是則令人振奮的消息，稍微平撫了她那愧疚得發痛的心靈，雪花吁出一口氣，不知該喜該悲。

也就是說……

「他……不會死了？」她再次確定。

「對他來說，這是個可喜可賀的消息。」

太好了，真的太好了，他沒事了，他會活下去……就算失去記憶，忘了他與她的一切，可是……只要他好，她無所謂，儘管心如刀割、痛不欲生，她……她都沒有關係……

「但是……對我們來說，卻是一個損失。」長老冷然的道，她心頭一驚。

「長老……」

「星光體是屬於精靈界的。」

如果要將星光體留下來，那……他連元神都要被摘取，這個結果，不是早就注定好了嗎……不！她不能讓這種事發生。她痛心的喊道：

「長老！求求你，放過他！」

「我們必須拿回星光體。」

「求求你，別這樣。讓他活下去好嗎？他並沒有做錯什麼啊！為什麼要這樣對他？求求你，求求你……」

「雪花，他甚至連妳都不會記得。」

「就算他不記得我也沒關係，只要他活著。讓他回到他的世界，他並不會影響我們，不是嗎？您曾說過的，沒有了星光體，我們仍然可以過得很好；他沒有了星光體，卻不能活下去。長老，請您發揮您的同情心，放過他吧！求求你！求求你……」

忘了懇求多久，最後終於和長老達成協定，將他送了回去，回到原點。

反正本來就不該有所牽扯，對他的愛戀只是一時的脫軌，她是個精靈，而精靈……最不該沾惹的就是塵事啊！

第八章

龐大的痛苦與悔恨，面對著精靈界其他人的指責，她一再的忍讓、退步，卻還是沒辦法面對失去他的惆悵與良心的譴責，於是她寧願選擇沉睡……

「雪花，不要進去，妳不要進去嘛！」霜兒拉著她，苦苦哀求著。

雪花回過頭來，望著小巧慧黠的霜兒，明白她這一進去，就只剩霜兒獨自待在冰宮了。他小小的臉滿是懇求，不斷拍打的翅膀似乎承受不了她的這個決定，飛得毫無章法。

「霜兒。」她將他捉到手上。

這個冰宮一直只有他們而已，他們是朋友，也是家人，如今要拋下他離去，她也不忍，可是……

「對不起，我沒有辦法，」她閉上眼睛，「我做了那麼多事，其他的精靈一定很恨我，所以……我只好選擇沉睡，不再面對他們。」

「妳可以不要去中土，待在這裡就好了啊！」北國距離中土遙遠，平常也很少有其他的精靈會來。

「不，那不一樣。」

「為什麼？不要走嘛！」霜兒苦苦哀求。

「霜兒，我好累、好累，所以……我才選擇永恆的沉睡，讓自己不這麼痛苦，你知道嗎？」

「不知道，我什麼都不知道！」霜兒任性起來，「我只知道妳要走了，要離開我了！妳對我最好了不是嗎？為什麼要離開我？妳會這樣子都是因為那個人類的關係，我去找他算帳！」霜兒說著就要離開，被雪花一把抓住。

「等一下，霜兒。」

霜兒悲憤極了，一向都是雪花跟他最好，現在她卻要離開他，選擇永眠，都是那個該死的人類！

「為什麼不讓我去？雪花，妳真的那麼愛那個人類？為什麼？」他使盡全身的力氣大吼，掙脫出雪花的手掌心。

雪花眉頭緊蹙，她的表情痛楚，對她來說這亦是相當困難的選擇，只是……

「對不起……」

第八章

她終究踏入了冰柱，把自己凍結起來，悲傷、痛楚、悔恨、愧疚跟著她一起沉睡……

睡吧！把一切不快都忘記，就算忘不掉，也不要再想起，只要睡著，紛亂的靈魂便能得到歇息……帶著他的愛戀，追尋她的永恆……

只是為什麼……痛苦的記憶又浮現了出來？那種椎心刺骨的感覺，灼燒著她的心扉……一波波動盪，催醒了她的意識……

可不可以放過她？雪花想大聲呼喚，能不能夠不要再被這些惡夢侵擾？她只是想休息，讓所有的難堪跟著她一起沉睡，難道……她這麼罪無可逭，連這麼卑微的願望都無法達成嗎？

※　※　※

如同一道冷流沖過她的腦袋，雪花睜大了眼睛，整個人腦筋一片空白，分不清她究竟是醒來了，還是繼續沉睡？

一貫的銀色世界，是她所熟悉的環境，而她所熟悉的人——也出現在此時此刻。

那修長的臉蛋有著憔悴，雙眼寫滿了憂慮，幾絲頭髮從額前落了下來，不如他以往乾淨清爽。即使如此，他仍和她最初見面時一樣，她的心頭如起了漣漪，不斷的擴大、擴大……

「是你？」她不敢眨眼。

「是的，是我。」

雪花發怔許久，呆呆的望著他的臉龐，好半天才低怯怯的吐出一句：

「這是……夢嗎？」

「雪花，真的是我，不是做夢，雪花……」如低喃、如囈語，初平在她耳邊輕聲道。

雪花輕輕的伸出了手，捧住了他的臉蛋，他沒有消失，溫度鮮明而刺激，他不是虛像……

眼前的一切令她難以置信，強烈的欣喜如同置身夢幻。

多麼的不可思議！他就在她面前，她與他靠得如此接近，她可以感受到他的熱度、他的呼吸……那次最初的相遇，如夢似幻、迷離恍惚……他們跨越空間來

第八章

相戀……

「真的是你……真的是你……」她的胸口漲滿了情緒，她的大腦在一片紛亂中企圖尋找一絲理智——而這些都在他的吻下，如同飛升的煙火攀到最高點。

他……他在吻她？

從來沒有過的近距離接觸，他溫熱的雙唇碰觸著她冰冷的唇瓣，兩者完全不同的溫度，在剎那間產生了前所未有的震撼，她完全僵住了。如同電流擊身似的，它霸道的貫穿身體，帶著酥麻遊遍全身，如果融化就是這麼一回事，那她甘願為他付出一切……

初平緩緩的移開她的雙唇，她的唇瓣有別於玫瑰的紅豔，閃爍著璀璨的光芒，她的四周因這個接觸而激起星芒，灑落周圍一片，讓她更加耀眼奪目。

「是的，是我……」

「你不是……」

「我回來了，我終於回來了。」他抱著她，小心翼翼卻又不敢太過放鬆，深怕她又會從他手中溜走。

誰叫她是雪花，是從天降臨的雪精靈，晶盈美麗、璀璨剔透，冰涼的滑過他的心頭，為空蕩的心靈填補清冽的寧靜。他只要冷冷的她，並願意為她拋棄溫暖的國度。

「我以為……我再也看不到你了。」雪花貪婪的看著他，汲取他的溫暖，就算會融化也甘之如飴。

「我就在這裡，不是嗎？」

「可是……你怎麼會？」他不是失去記憶了嗎？他不是被送回人界了嗎？為什麼還會出現在這？許許多多的疑問湧上心頭，但在相逢的喜悅中，她一句話都問不出口。

「噓！別說了，讓我靜靜看著妳好嗎？」他失去她多少日子，都要補回來。

雪花感受到他炙熱的眼光，不由得為之動容，那洶湧的狂喜已淹沒了她，只要能和他在一起，她願意時光就此停住。

他的手和他的目光一起在她臉上游移，雪花心情激盪，這種愉悅讓她忘了先前痛楚的回憶。

「為什麼要沉睡？為什麼要把自己冰凍起來？」雖然不是責備，但他仍忍不住抱怨。

第八章

「我以為……我再也看不到你了，」她的聲音帶著酸苦，「既然失去你，我也沒什麼好留戀的。」

「雪花……」他喚得心痛。

「還好，你回來了……還好……」那些折磨，她都覺得有代價了。

「我不要再離開妳了，我會留下來，讓我待在妳身邊。」沒有她的日子，生活過得毫無意義。

「真的？」

「真的。」

「可是……可以嗎？」從沉睡中醒來，回到了現實，總有不能逃避的問題。所有的紛擾將再度襲來，她開始害怕。

「可以，當然可以。」他緊緊摟住她。

「我不知道……」未知的未來，令人惶然。至少他們現在是在一起的，雪花只想珍惜這片刻的幸福，希望已卑微得不敢再奢想。

※　※　※

「太棒了！雪花，妳總於醒過來了，太棒了！」霜兒不斷的在雪花身邊飛上飛下，高興得不得了。

「霜兒，妳冷靜點。」

「我沒辦法冷靜，我實在太開心了！誰叫妳跑去沉睡，拋下我一個人，我好寂寞喔！」霜兒忍不住抱怨，雪花知道她又欠了他一次人情。

「對不起……」她幽幽道。

「沒關係的，妳不是醒來了嗎？」初平不忍她自責，輕輕的道。

「嗯。」

「對了，雪花，我告訴妳喲！我們為了妳，跑到南國去了喲！」霜兒得意的炫耀，引得雪花一聲驚呼：

「你們跑到南國去？」

「對呀！」

第八章

「你們到南國？那……有沒有出事？」雪花憂急的看著霜兒，他們並不適合到溫度那麼高的國度，而初平只是個普通人類，連他也到南國去？思及至此，她的心頭更加激盪。

「有啊！碰到了火堯……」

火堯？

一提到這個名字，雪花的臉色便明顯的黯了下去，火堯……一個她不知如何面對的人，他們幾個人的情況那麼複雜，他讓她無所適從。

「妳放心，我們沒事的。妳看，我們不是安全的回來了嗎？」初平以為她在擔憂他們的安危，安慰的道。

「火堯……他怎麼樣了？」從她進入冰柱後，便失去了外界所有的訊息。

「他呀！一看到我們就想殺我們，我看他好得很。」霜兒一想到就有氣。他本來對火堯就沒什麼感情，結果火堯又這樣對他，他更不爽了。

「殺你們？」雪花的臉色更蒼白了。

「沒事沒事，一切都過去了。」初平握住她的手，想給予她力量，眼神則暗示霜兒閉嘴，不料霜兒卻不會看眼色，還在那裡道：

「對啊！我們不過想拿點火，看能不能融化冰柱好救妳，這主意很棒喔！是初平想的，所以我們就跑到南國去啦！只是火沒拿到，我們還被他打回來，不過很神奇的是，初平回來之後，竟然可以將妳從冰柱中救出來，太不可思議了！」霜兒報告詳情。

雪花也不禁愕然。

「我知道是你將我從冰柱裡救出來，可是……你又沒有精靈的靈力，怎麼救我？」

「我也不知道，只知道跟火堯起衝突後，好像他的力量流到我體內，要不然我怎麼覺得十分暖和呢？」初平看著自己的手，掌心仍因高溫而有些泛紅。

「他的力量流到你體內？」雪花十分詫異。

「我也不知道是不是真的，那只是一種感覺，好像我把他的力量吸過來似的。」真要解釋，初平也說不清楚，在他身上已經發生許多不可思議的事了。

第八章

「這是怎麼回事？好奇怪……」雪花有些頭疼。

「好了，妳別想那麼多了，先休息吧！」

第九章

雪白的大地泛著一層若有似無的銀霧，漆黑的天空是滿天星子，閃閃爍爍得像是會發出聲音，空曠的空間讓人連思緒都得到解放，進入另外一個境界。

吁出一口氣，那水氣就在空中凝結了，然後像下雪般落了下來。

「你怎麼只穿這樣？霜兒不是給了你毛氅嗎？」雪花見他衣著單薄，不禁擔憂的問道。

「我並不覺得有多冷。」

「就算是中土的精靈到達這裡，也不能沒有禦寒裝備，更何況是你？」雪花訝異的道，人類根本沒有靈力可以禦寒。

「是真的，我並不覺得寒冷，不知道是不是跟我遇到的那件事有關？」他指的是火堯的力量流入他體內的事。

第九章

「或許。」雪花握著他的手，溫溫熱熱的。

「至少這樣子，我就可以待在這裡，不用擔心會凍死了。」初平愉快的道，看到他的笑臉，雪花的心情也開朗起來。「倒是妳，剛才的臉色很難看。現在好多了嗎？」

「嗯。」

她從沉睡中醒來之後，反而更加蒼白、虛弱，初平擔憂的抬起她的臉，晶瑩的臉上不似最初見到她的豐潤，反而有些憔悴。

是為了他吧？

不捨、憐惜感油然升起。經歷過這麼多的事，他愈加渴望與她相處、接觸，禁不住將她擁入懷中。

她清涼的肌膚像果凍般柔軟，但是抱個滿懷，總讓人擔心會不會滑出掌心，於是初平抱得更緊了。

而從來沒有過如此親暱接觸的雪花，身體被他的熱氣環繞，開始思考自己會不會融在他的懷中？這種肢體與肢體的接觸讓她反應遲鈍，她不解那股不安是什麼。

「你……你在……做什麼？」她羞澀的問道。

「我只是不想放開妳。」

「我沒有要走開呀！」

「我知道，可是……我還是不滿足，我想要永遠跟妳在一起，或許是我太自私、太貪婪，不想跟妳分開，因為……我愛妳。」經歷了那麼多事情後，那股尋求的渴望越來越強烈，原以為自己無欲無求，原來是還未找到自己的真愛，所以在尋尋覓覓之間，對其他事情都不在乎。

有了這番話，再多的委屈與痛苦也值得了。雪花知道，為了他，她甘願下地獄……

「初平……」

「啊——」

一個細而尖拔的聲音倏的衝進兩人的耳中，差點把耳膜震破，初平愕然的問：

「那是誰？」

「是……霜兒？她出事了？」方從濃情抽離的雪花臉色一變，飛快的往尖叫聲處飛行而去。

「雪花，等等我！」

雪花略略停下腳步，待初平跟上她後，兩人一同去找霜兒。

第九章

※　　※　　※

「你……你怎麼會在這裡？」霜兒驚恐的拍動他那小小的翅膀，唯恐一不小心，他就會被毀在那熊熊的火焰之下。

火堯望著他，面無表情，逕自往前走。

「喂！你別亂闖呀！喂！」霜兒在他背後叫，卻又不敢太靠近，怕還只是小小精靈的他，一碰到火堯就會被燒滅。

從極熱之處到極寒之地來，火堯似乎沒有適應不良的問題，霜兒從驚嚇中回過神來，驚愕的上下打量，發現他腳下踩的是靛藍之火，聽說那是火焰中溫度最高的境界，永不熄滅，火堯像穿著鞋子利用它來隔絕北國的寒氣，他真是大開眼界。

想到他突然出現在冰宮，初平又還在這裡，不知又會起什麼風波，他趕緊又追了上去。

聽到驚叫聲而來的兩人，在見到火堯時，都十分錯愕。而火堯的表情更是難看。

「你怎麼會在這裡？」雪花驚異的問道。

「妳不是陷入永恆的沉睡？」望著陪伴在她身邊的初平，心裡那股沸騰之火更加強烈。

「雪花不該睡在那麼冰冷的地方。」初平率先開口了。

「她本來就是雪精靈，不睡在那麼冰冷的地方睡哪裡？何況那是她自己給自己的懲罰，如今從冰柱離開，就是逃避責任。」火堯惱怒的道，雪花被他指責得白了臉。

「喂！你那什麼話？好像當初造成那場傷害都是雪花的錯！」霜兒不客氣的辯駁，火堯回頭一瞪，他雖然有些害怕，還是擺出一副無畏的姿態。

本來嘛！他就是不認同雪花受不了良心的苛責，自己跑去沉睡；而火堯就躲在南國，說什麼不再涉足中土，結果呢？竟然還跑到北國來？

第九章

火堯不再與霜兒計較，他將矛頭指向初平。

「你怎麼會在這裡？」

「我是來找雪花的。」初平始終覺得火堯對他存有敵意，也相當謹慎。

「她是你救出來的？」

「對。」

火堯相當不甘心。為什麼他區區一個人類，可以將雪花從寒冷的冰柱救出來？為什麼救出雪花的不是他？為什麼他始終無法接近她？而和他們不同世界的人類卻得到了她的心？

「為什麼是你？為什麼都是你？為什麼？」火堯的脾氣和他的火焰一樣，他一拳擊出，一旁的冰雪來不及消融就先被他打碎，在高溫之下迅速消失。

「火堯，你在幹什麼？」雪花大驚失色。

「我要他消失！我要他離開精靈界！」

「不要再傷害他了！」雪花著急的喊道。

「我不要再看到他站在妳身邊，他不該在這裡，他並不屬於精靈界，他帶來的只有厄運——雪花，離開他！」火堯雙眼泛紅，氣勢凌厲。霎時間，彷彿又回到了那場傷害……

「不要！」

「雪花！」他更憤怒了。

「拜託你不要傷害他，你離開好嗎？不要再造成上次的悲劇了。他並沒有做錯什麼，一切都是因為我……」

「夠了！」

這句粗魯打斷雪花的暴吼是從初平口中發出的，眾人驚愕的望著他，他向來是溫和儒雅、斯文有禮，怎麼突然變得這麼凶狠了？

初平不在乎眾人的眼光，他在乎的是雪花。

過去，他只是幸福的享受雪花付出的關心、情意，不明白她背後承受了多少壓力，也不知道她是如何受委屈，如何吞忍苦水，她默默的替他承擔，卻一言不發。

第九章

全心全意的為他付出，卻造成慘劇，於是她的付出在外人眼裡，就變成了不堪。

「不要再找雪花了，有什麼事你衝著我來，不要再找她麻煩了！」初平語氣平靜，但卻飽含更多的氣勢。他將她拉至身後，不讓她再受到威脅。

火堯第一次遭到初平的反擊，驚愕的道：

「你、你在做什麼？」

「雪花做錯了什麼嗎？她什麼都沒有做呀！如果她要為那場悲劇負責，罪魁禍首也是我，你為什麼要找她麻煩？」

「對，她錯的就是在於她什麼都沒有做。要她拿回星光體，她卻沒有，不該與人類接觸，她也沒有做到，而最沒有做到的就是——她應該遵守不能愛上人類這一條。」

雪花被他指責歷歷，臉色持續蒼白而身體搖晃了下，星芒銳減。

「許多事情不是我們能控制的，意外就這麼發生了。你這樣說對雪花並不公平，難道你不能用寬大仁慈的心來看待這件事嗎？」

「寬大？仁慈？我要不是對你寬大仁慈，你還會在這裡嗎？」火堯尖銳的道，初平實在想不透他為什麼對自己飽含恨意。

「你究竟……」

初平正想問個清楚時，火堯已全力向自己攻了過來。

事情發生得實在太快了，一旁的雪花和霜兒叫了起來，雪花甚至撲上前去想要制止火堯，然而火堯一雙手已伸入初平的體內，就像那一次，只要他再狠心一點點，他就可以除去這個禍害……

初平直覺反應是抓住火堯的手，想往外拔，但是……明明被攻擊的人是他，他卻看到火堯的臉色由紅轉白，臉上也滲出汗水，伸進他體內的那隻手似乎正在被融入，他的身體彷彿有意識的要吸收火堯的手掌……

不對！這個男人不像他想的那般軟弱，他體內有他想不到的力量。

想到這一點的火堯奮力一退，將手自他體內拔出來，如果不這麼做的話，他怕自己就要被初平體內奇異的力量吸收了……

「初平，你怎麼樣了？」雪花急撲過來。

第九章

「我沒事。」

「你真的沒事嗎？有沒有哪裡不舒服？他有沒有傷到你？」雪花急切的問道，她怕她會失去他。

「我沒事，真的沒事……」

「啊！」

霜兒的慘叫打斷他們的談話，兩人不由自主往他那望去，只見霜兒指著火堯，怔怔的道：

「那個……他的手……他他他……」

由於霜兒的反應實在太過詭異，初平和雪花順著他手指的方向一看，赫然發現火堯的手肘前的部分像被削斷了一樣，手腕、手掌全都不見了，缺口的部分一片迷濛，像是被一團雲霧環繞似的，令人怵目驚心。

而向來臉色紅潤的火堯，此刻卻變得慘白，他望著自己的右手，身體踉蹌後退了幾步，然後跌倒在地。

「火堯，你還好吧？」雪花見狀想要上前攙扶，可是他渾身的熱氣仍讓雪精靈不敢貿然靠近。

「走開！」

「你受傷了……」

「不要過來！」

他不想看到她，不要再靠近她了，他不要她看到他這般落魄、狼狽的模樣，不要一片熾熱的心，一再被冰雪熄滅……他們本來就是極端的人，即使都在精靈界，還是不能接觸……

雪花見此情景，心如刀割，為什麼會這樣？她並不想傷害他，這一切……為什麼都跟她有關？

初平走上前去，火堯見他靠近，臉色更加蒼白。

「走開！」

「我很抱歉。」

第九章

「別在那裡假惺惺，好，我知道我自己打不過你，可是我不會認輸的，聽到了嗎？我不會認輸的。」火堯到這時候還在逞強，儘管頭在暈眩，身體在搖晃，他也不要倒在他的面前。

初平走到他的面前，還沒有蹲下來，一個陌生的聲音阻止他的前進——

「住手！」

一個有著和火堯同樣火紅髮色和赤赭身體的人闖進他們之間，扶住了就要倒地的火堯。

「火堯，你怎麼樣了？」見到他手上的傷口時，來人臉色一變。

「翟光！」雪花叫了起來。翟光和火堯都是南國的精靈，她見到翟光難看的臉色，急忙叫道：

「你聽我說，事情不是這樣的！」

「他的傷是怎麼回事？」

雪花還沒有回答，初平已經先開口了：

「是我。」

「翟光，你聽我說……」雪花怕翟光誤會，想要解釋，然而翟光卻不給她機會，冷冷的道：

「我要帶他回去，妳想阻攔嗎？」

「不，我沒有……」

「那就讓我們走。」翟光抱起半昏迷的火堯，往來時路走去。

他看到火堯舉止怪異，才從他身後偷偷跟了過來，沒想到還是來不及。眼看情況緊急，他只好利用空間轉移帶著火堯回到南國。

看著翟光踏入從他腳底升起的火紅光影，人影先是被吸進去，然後消失……雪花虛軟的倒地。

「雪花！」初平連忙驚呼，「妳怎麼了？」

「我……我沒事……」

「可是妳……」

第九章

「我真的沒事，真的。我只是……只是不知道怎麼辦？他受傷了，傷得那麼嚴重……」她好自責。

「那不關妳的事呀！」

「可是……」

「雪花，夠了！」初平低啞著嗓子，心痛的道：「該負責的是我，這一切禍端起源全是我，妳不要再為我擔責任了。」

「不，你別怪你自己，是我……」

「雪花！」初平痛心極了，「別再說了！妳這麼的溫柔、這麼的善良，但是也沒必要把罪過往自己身上攬。在精靈界鬧了這麼大風波的是我，還要連累妳受苦，對不起。如果要面對任何懲罰的話，就讓我去承擔，妳不要再替我做任何事了。」

「初平，不要……」

「我說的是真的，雪花，不要再讓妳的眉頭深鎖好嗎？我最初見到妳的時候，妳並不是這個樣子的。妳的身上原不該有任何的憂愁，現在卻因為我，讓妳吃了這麼多苦，我……我對不起妳。」他捧起她的手，見小小、晶瑩的她是如此脆弱，實在不忍她被憂愁壓垮。

「不要這樣說，為了你，我什麼都願意。」就算是永恆的沉睡，也甘之如飴。

「雪花……」

初平將她摟進懷中，好想將她藏在他的體內，這樣不論有什麼壓力，他都可以替她承受。

他的精靈，應該是無憂無慮、自由自在的在天空飛翔的啊！

什麼時候開始，她潔白的羽翼蒙上一層塵埃，將她逐漸壓垮，還害她陷入冰柱之中——這一切，都不該發生的。

難怪精靈不能和人類談戀愛，原來會為她帶來這麼多折磨。如果最初知道這種狀況的話，他還會和她在一起嗎？

※　※　※

火勢熊熊吞噬著四周的空氣，空氣中的水分都被蒸發得無影無蹤，還在不斷的燃燒、蔓延著，而受傷的火堯被翟日丟進一團火焰中，藉由熱度的恢復，他才逐漸甦

第九章

醒過來。

「我……我怎麼回來了？」見到自己置於火中，火堯的意識漸漸恢復，對上翟日那雙責難的眼眸。

「你差點就失去性命了，知道嗎？」

「我……」

他想起來了，見到初平和霜兒前來南國，錯愕的他沒思慮太多，便從結界直奔北國。不過在離開之前，他沒忘了從地底取了永生之火保暖。要是沒有這層保護措施的話，他還不知道會變成什麼樣。

他知道，北國一定有事發生了，要不然那個人類不會又出現在精靈界。

只是他怎麼想也沒想到，在沉睡中的雪花，竟是由那個人類救出？

他不甘心、真的不甘心，為什麼是他？為什麼他永遠搶先他一步？他只是個毫無能力、脆弱而無知的人類啊！

他真的毫無能力，真的脆弱嗎？當他想要取走那個人類的性命時，伸進他身體裡的手遭遇一股極大的力量，將他的手分解融化，而自身的力量像開了閘門的水流，不停的被吸走……令他不寒而慄，如果力量被吸光的話，他會怎麼樣？

那個人類，不是普通的人類。

「我的手……」在火焰的燃燒之中，他的傷口逐漸形成保護膜，但是……他失去他的手掌了。

「我已經通知長老，請他過來了。」

「你通知長老了？」火堯有些錯愕。

「你的手傷很嚴重，不知道治不治得了？我只好請長老過來一趟了。」翟日看著他的手，仍是怵目驚心得叫人不忍卒睹。

「不！」

「火堯？」翟日不解的看著他，眉頭緊鎖著。

火堯也不知道他在抗拒什麼，但這是他跟那個人類之間的事情，他不希望別人來插手。

第九章

他跟雪花……注定無緣嗎？

他位於炎熱的熊熊大火中，四周是乾燥的空氣，他卻傾慕那位與冰雪為伍的女子，難道……她只能在他心頭縈繞？

「你先休息一下，我出去了。」翟光看著他，心下暗自盤算著。

※　※　※

「長老，火堯的手怎麼樣了？你有辦法救他嗎？」

「他的力量被奪走了一部分，能力不夠完整，無法再生。」長老手捻著鬍子沉重的道。

火焰在四周不斷燃燒，除了焚燒空氣的聲響外，兩人之間一片靜默。

長老將那件能夠阻擋炎火的披風整理了下，免得被火焰吞噬，雙眼露出精銳的光芒問道：

「你說那個人類來到了精靈界？」

「是的。」

「他怎麼過來的？」

「這點我不曉得。」

他們已經知道火堯在北國發生的事了，但初平為什麼會來到精靈界？又為什麼能夠傷害火堯？令他們百思不得其解。然而初平的到來，無庸置疑，對他們是個極大的威脅。

「長老，」翟光猶疑的開口了，「那個人類，不適合留在這裡。」

長老沒有說話，翟光繼續道：

「發生這麼多事情，整個精靈界受到了極大的損傷，本來以為將他送回人界後，就可以平安無事了。然而他來了之後，又變成這樣。是不是……該把他驅離這個世界，不能再讓他過來？」

「這樣子對精靈界最好。」看來長老也贊同了。

「可是他既然又在精靈界出現的話，就算把他趕走，他是不是還有回來的可能？」

第九章

「你有什麼意見嗎？」

「我在想……如果可以的話，能不能將結界關閉，不要再跟人界接觸？我知道結界關閉後，跟其他的世界也無法往來，不過我們一向都是獨立的，並不需要依賴其他世界，平時也很少來往，將結界關閉後，對我們並沒有影響，至少能夠再避免受到傷害。長老？」

長老撫著長長鬍鬚，沉聲的道：

「這也許……是個方法。」在事情脫序之前，要趕緊亡羊補牢。

第十章

「霜兒、霜兒？」清幽的聲音迴盪在空間，更顯縹緲。在看到初平時，雪花向他奔了過去：「你有看到霜兒嗎？」

「沒有。」他有些抱歉的道。在這座猶如迷宮的冰宮裡找人，不是一件簡單的事。

「喔！」雪花有些失望。

「或許霜兒出去了，妳不用太擔心。」

「他平常出去都會通知一聲，怎麼這次會毫無消息呢？」難道他真的害怕得跑走了？她明明勸過他了呀！雪花思索著他可能會去的地方。

「也許他等一下就回來了。」

「說不定他不回來了……」她無意識的說出口，初平疑惑的問：

「妳說什麼？」

第十章

驚覺到自己的失言，她連忙掩飾。

「不、不，沒什麼。」

「有什麼事的話，都要告訴我好嗎？」天真無邪的她不善欺瞞，他從她的臉色便可看出端倪。

「不，真的……沒什麼。」她的停頓更加啟人疑竇。

「雪花，有什麼事的話，就說出來。不要像以前那樣把什麼事都藏在心中，我不要妳痛苦。可以的話，讓我跟妳一起分擔好嗎？」他撫著她柔細的髮絲，柔情穿透而入。

她的心頭被這股蜜意充塞著，可以依靠的感覺讓她充滿安全感，愁緒也不再那麼苦澀。

「我真的沒事，你放心。」

「是嗎？」她有前科，這讓他無法安心。

被他炯炯的雙眸注視著，雪花心慌意亂，彷彿他能夠看透她的心思，她想要否認，又不擅說謊，一味的隱瞞只讓他起疑。

她低下頭，回想起昨天，心頭一陣擔憂……

※　※　※

雪花疑惑的看著霜兒，他的臉色怪異，雙翅飛舞得啪啪作響，拍得都快要斷了，似乎顯得緊張不安。

「霜兒，你怎麼了？」雪花輕輕將他捧到掌中，想要化解不安。

霜兒看著她，緊抿嘴唇，面露惶恐，一副不知如何啟齒的樣子。

「霜兒？」雪花追問。

霜兒搖搖頭。

「你到底怎麼了？不舒服嗎？」

「不是，是……」

「到底怎麼了？有話就說呀！」雪花放柔嗓音，霜兒終於輕啟唇瓣，開口了⋯⋯

「那個……人類……他……」

第十章

「初平怎麼了？」

「他……他傷了火精靈。」他眼底的驚恐傾洩而出。

「我知道，但那是……是……」是意外嗎？她也說不上來，不過霜兒的反應很奇怪，她問道：「你在擔心什麼嗎？」

霜兒望著她，彷彿鼓足勇氣，才讓聲音出來：

「他不是只是個普通人類嗎？怎麼會有力量傷了火精靈？他既然傷了火精靈，那我們……我們……他會不會也傷害我們？雪花，我們會不會很危險？」不要說人類怕未知的事物，就連精靈也怕呀！

雪花一愕，她沒有想過這個問題。

初平的變化，是始料未及的，就像星光體和他本命結合，也是意料之外，他帶給她的驚奇，她還尚未細細咀嚼，但她並不覺得霜兒的問題是問題，只是淡淡的道：

「霜兒，你覺得呢？」

「我……我不知道。我雖然是個精靈，但不像妳這麼成熟，我怕……」霜兒小小的眼睛有著大大的恐懼，他和雪花的能力畢竟相差太多，雪花擁有的能力是他所不及的，就連生命也得小心翼翼保護，所以見識到初平的力量時，他害怕了，深恐受到威脅。

「霜兒，他是你帶來的，不是嗎？是他救了我，不是嗎？所以你認為，他會傷害我們嗎？」雪花將他舉到與她視線平行。

霜兒心頭一動，稍微安定了下來。

「可是……」

「我相信初平，他絕對不會傷害我們的。」

※　※　※

一陣晃動喚回了她的心神，她疑惑的抬起頭來，初平也以同樣的表情望著她。很快地，他們便發現不對勁。

本來以為是對方身體在搖晃，但是震動的幅度加速，連整座冰宮都動了起來，兩人發覺事態嚴重。

第十章

「地震？」初平喊了起來。

雪花利用靈力查詢震動的來源，令她吃驚的是這是來自大地的晃動。然而北國從來沒有過地震，怎麼會突然晃動起來呢？

「我去看看。」

「妳要去哪裡？」一不注意，她又要飛起來了，他得時時刻刻捉住她，才能將她留在身邊。

「霜兒不見了，又來這場地震，我很擔心……」好像有什麼事情要發生了，她很不安。

「我陪妳去。」

「你不明白這邊的環境，還是我去吧！」

「可是……」

「我馬上就回來。」雪花說著，抽離他的手，從窗外飛了出去。

望著她離去的身影，初平好恨自己的無能。如果他也是精靈的話，是不是也能夠像她在天空中飛？那麼，無論她到什麼地方，他都可以追隨，而不是在這裡束手無策。

天空透露著些許詭異，初平注視了半晌，終於發現了不對勁。原本暗沉的天空在流動，像是流水般移動，奔向地平線的那一點。而大地也如板塊移動，彷彿整個空間都在扭曲。

發現了這個現象，他驚駭的向後退了兩步。

已經沒有雪花的蹤影，他一個人在不熟悉的環境，又獨自面對這怪異的現象，霎時冷汗涔涔。

這種異象又是什麼？地震是因為它的關係嗎？異象的來源又是什麼？種種問題壓得他喘不過氣來。他該怎麼辦？是待在原地等待救援？還是想辦法解決？再說……雪花還在外面呢！

雪花？

她一個人在外面會不會有危險？這怪異的現象來得太急促，她會不會出事？不安湧上了他的心頭，雖然那奇異的現象還沒侵犯到冰宮，但若是不動的話，遲早會被吞噬的。

不行！他要去找她。

念頭乍起，他的身體就往外跑。雖然外頭仍是寒冷，但自從那次南國的事情後，他已經不在意這一點風寒，向著雪花離開的方向跑去。

※　※　※

在風中飛翔的雪花感到危機逼近，北國從來沒有發生過空間扭曲的現象，今天怎麼會突然來襲？天空在歪斜，大地也在流失……彷彿整個世界，都被吸往中土的方向……

心頭閃過一絲恐懼，她望向後方——還好，冰宮還在那裡，初平暫時還不會有事才是。只是霜兒呢？

深恐出了大事，還是先找到霜兒要緊，於是她大喊著：

「霜兒！霜兒！」

儘管她喊得聲嘶力竭，在這渺無人煙的北國，仍是沒有霜兒的蹤跡，再加上空間流失的現象越來越嚴重，她不禁焦急起來。

「雪花！」

雪花一轉頭，驚駭的喊了起來：

「長老！」

不僅是長老，他的身後還有火精靈翟光，而在他們後面的，她看到了風精靈、花精靈、水精靈……平常不曾涉足北國的精靈們幾乎都來了！為了不使身體受到寒風低溫的迫害，每個精靈都採取了防護措施，都穿著具有靈力的斗篷。

「還好妳在這，要不然我們還得去找妳。雪花，過來吧！」長老伸出了手，雪花卻退後三尺。

「你們怎麼都過來了？」她看著他們，心頭警鈴大響。

「我們要把所有通往外界的結界關閉，目前只剩這裡了。」翟光此言一出，雪花睜大了眼睛，難以置信。

「你們……要幹什麼？」

第十章

「雪花。」長老移到她面前，北風吹得他斗篷往後飛揚，他沉聲的道：「為了不讓人類再跟精靈界有糾葛，我們大家討論過了，決定關閉所有的結界，不再跟其他世界有所往來。」

關閉結界？那就是要跟人界切斷關係嗎？雪花感到心頭被風吹得發冷，身體虛弱得像要被吹走了。

「為什麼？」她顫抖的問道。

「妳不用再問了，妳以為那個人類在冰宮裡沒人知道嗎？我們的目的就是不要再跟他有接觸。」翟光出聲說道，雪花臉色一陣泛白。

「你們……」她一時不知該如何開口。

「我們要集合大家的力量，把結界關起來。妳別再留戀了。」翟光出聲說道，他的語氣十分冰冷。

「雪花，過來。」長老催促著。

「是呀！雪花，別再理那個人類了，過來我們這邊吧！」與她交情不壞的風精靈上前規勸著。

「雪花，只要妳離開那個人類，我們都會接受妳，快過來吧！」花精靈也伸出友誼的手。

「過來吧！」

「快點過來！」

頻頻的呼喚，熱烈的期盼，讓她心神恍惚了一下，他們……原諒她的所作所為了嗎？一直埋在心中的罪惡感……是不是只要順從他們，就可以減退了呢？在她意識不明之際，突然傳來激昂的一聲——

「雪花，不要過去！」

雪花一轉頭，看到初平向她奔來。他跑得那般急，以至於好幾次都跌了個踉蹌，但他仍費力的往她這邊跑來。

「初平！」

「雪花，妳還在猶豫什麼？快過來呀！跟人類在一起，是不會有好下場的！」翟光喝斥著，企圖喚醒她的理智。

第十章

「雪花！」初平的聲音又傳了過來，他已離她不到十尺的距離。

「快過來！」他們仍在柔性的呼喚，可是……雪花回頭望著初平，他那張斯文清秀的臉龐透露著焦急，溢滿深情的注視著她，只要他這麼望著她，她就感到自己快要融化……

「雪花，不要走！」察覺到他們要帶走雪花，初平激動起來，發狂的想要上前捉住她，免得她被他們帶走。

雪花看著長老他們，又望著初平，最後還是順從心底的渴望，向初平走了過去，她的愛……

「雪花！」

「快回來呀！」

所有的精靈都叫了起來，為她的選擇感到惋惜，翟光企圖為她導回正軌，從他的掌中射出一道熱流想要逼退向雪花靠近的初平，初平閃躲不及，和這股熱流正面迎上——那熱流擊中他身體時，並未造成傷害，只令他感到十分溫暖。

見他遭受攻擊，雪花連忙護在他面前。

「不要傷害他！」

「雪花，我沒事。」初平反將她摟在懷裡，注視著眼前這一群來意不善的精靈——他們的敵意比寒風更冷。

雙方對峙了片刻，才聽到長老緩緩的道：

「雪花，不要放棄妳的機會。」

「什麼機會？」初平不知道他們在談什麼，只是下意識的把她摟得更緊。

依偎在他的懷中，從他體內傳來陣陣的暖意，雪花感到相當滿足。也許就這麼一回，無論會有什麼結局，都已足夠。

「長老……對不起。」她幽幽的道。

不用抬頭，都可以知道對面那些精靈的臉色十分難看，雪花閉上眼睛，企圖找個避風港，不停的往初平的懷裡鑽去。

「雪花，妳在說什麼？」

「妳要想清楚呀！雪花！」

第十章

「快過來……」

此起彼落的勸戒聲響起，彷彿她所做的事愚蠢至極，個個都想勸她回頭，但她的心卻早已跟理智分開。

見她緊蹙的眉盛滿憂愁，似乎快招架不住，初平開口了：

「夠了！」

他的聲音中氣十足，正好壓過所有人的聲音，見到他開口，眾人視線全集中在他身上。

「年輕人，」長老開口了，「你還是回去你的世界吧！」

「不，我要跟雪花在一起。」

稀稀落落的竊竊私語響起，對他的反應感到驚愕，從來沒有精靈敢違抗長老的命令，雪花是第一個，是受這名人類的影響嗎？

「你們並不適合。當初的相逢是個巧合，但那不表示你們可以在一起。天命自有它的運行，違背它並沒有好處。」長老曉以大義。

「我不要好處，我只要雪花！」

「你不要冥頑不靈！」翟光惱怒了。

「就如同你們所說的，天命有它的運行，又豈知我跟雪花的相識，不是在天意之中呢？」

這個論點讓大家一愣，兩個不同世界的人不能在一起，一直是他們根深蒂固的觀念，所以當發生了那麼多事時，他們都害怕是因違背天命才遭此教訓。

如果照初平這個論點而言，那麼……他們的悲劇都是應該的嗎？

「你不要在那裡胡說八道！」風精靈生起氣來，「雪花就是認識你，才會發生這麼多事，你還不快走？」

「還我們原來的雪花！」花精靈也在叫囂。

「別這樣，不關他的事。」雪花辯解著，卻使得風精靈更加不滿。

「都到這種時候了，妳還在替他說話？」

「雪花，妳何必把自己搞得這麼痛苦呢？」長老緩緩的開口，「大家都是為妳好，

第十章

不忍妳再繼續沉淪下去。回來妳的世界吧，他也該回去了。」話雖輕柔安撫，卻沉重得令人窒息。

「我……」

「把雪花還給我們！」急躁的風精靈施展攻擊，從他身上捲出一股氣流，帶動了周遭的風，向初平襲捲而來。

「住手！」雪花惶恐的大喊。

又要再來一次嗎？又要像上次那場災難一樣嗎？

不！不要再來了！初平摟住雪花，他不想再像上次那樣失去她了，不是每次都能這麼幸運！

他不懂，他只是很單純的想要陪在她身邊，為什麼沒辦法？

強烈的意念撼動著他的身體，他全身發疼，每根毛髮、每個細胞都在震動，透露出他的意念……

風精靈所攻擊的力量，在抵達他身前不過寸許時，消失了——

初平的體內發出奇異而龐大的力量，撼住了整個時空。每個人都屏息凝神，吃驚得看著從他體內迸發出來的奇異白光。

那是不同於雪地的柔潤白光，晶瑩柔和，從他的背部發出，快速蓋住了初平和雪花兩個人，然後擴散至大地，就連在場的精靈也逃不了，迅速的被它掩蓋……

※　※　※

景象快速流轉，宛如白駒過隙，除了初平和被他摟住的雪花，其他精靈的身形快速變化，由大到小、由年長至年輕，有的甚至消散，不見蹤影，初平和雪花驚奇的看著這種變化，卻無能為力。

白光由濃轉淡，變化的景象也逐漸慢了下來。

等到速度完全停下來時，初平發現這裡……不一樣了。雖然同樣是北國，不過風雪消散，就連原先有的寒樹也縮小了。

這到底是……

「這是……北國嗎？」連雪花也相當遲疑。

第十章

初平往前踏了幾步，除了他們之外，沒有見到其他的精靈，他們像是融化在剛才那場白光之中，沒有人知道他們到達何處。

從空中突然傳來嘶鳴，兩人同時往天上一看——

數匹獨角獸張開翅膀飛翔，其中一匹見到他們在地上，向下飛了過來，站在他們面前。

「你們……是誰？」獨角獸邊收著翅膀邊問道。

「這裡是什麼地方？」

「這裡是精靈界，你……是精靈嗎？」

「我不是。」

獨角獸在他身邊走來走去，不時用鼻子嗅著，狐疑的道：

「你不是精靈？可是你身上有精靈的味道……」驀地獨角獸睜大了眼睛，「你身上怎麼會有星光體？它不是飛走了嗎？我們正準備去找它！」

「你說什麼？」雪花跑上前，也是一臉驚異，「你們在找星光體？」

「對啊！我們全部都是來找星光體的。前陣子天體變動，星光體脫離原來的位置，不知道飛到哪裡去了……結果竟然在你身上！」獨角獸興奮的不斷磨蹭，弄得初平臉蛋發癢，不停後退。

「好癢……」

「喔！是嗎？抱歉。」獨角獸退了一步，道：

「跟我到中土去吧！」

「唔？」

「大家都很希望星光體能回到精靈界來，雖然是在你的體內……不過沒有關係，走吧！」

初平望了雪花一眼，只見雪花正驚疑的看著四周。

「雪花？」

「這裡……不是原來的世界。」

「什麼意思？」

第十章

「自從星光體離開之後，獨角獸的數量就越來越少了，到目前為止，應該不到十隻，可是這裡少說也有二、三十隻，難道……」雪花靈光一閃，不敢置信的看著天空的獨角獸都向他們飛來。

那盛況猶如年長精靈所述，千年之前，精靈界是怎樣的繁榮、怎樣的盛況，星光體的存在，帶來最美麗的和平。

尾曲

精靈界　千年前

如夢似幻的中土，在星光體歸位後，不再受先前天體變動所產生的影響，因而再度繁華起來。雖然精靈們也不曉得為什麼星光體會落在一個人類的身上，不過他的氣質溫煦，又和精靈們相處得來，他們也就不以為意了。

許多會飛的小精靈在初平身邊繞來繞去，他們對這個人類還是充滿好奇，但都能夠接受。

「初平！」

雪花從空中飛了下來，在他面前停佇，初平迎了上去。

「怎麼樣了？」

「再過幾天冰堡就可以建好了。」雖然中土環境宜人，但她畢竟是雪精靈，還是適合待在北國。

「嗯，到時我會跟妳一起回去。」

「可是……你不是得待在這裡嗎？」由於他的體內有星光體，所以大部分的精靈都希望他能留在中土。

「但是我想陪妳回去。」

「可是……」

「如果這裡需要的話，我還是可以隨時過來的，不是嗎？」初平也很明白星光體對精靈們的重要性，但是那和雪花比起來，又微不足道了。當初要不是她，他也不可能跨越時空，甚至回到過去和她在一起。

「可是……萬一他們抗議呢？」

「沒關係，我會好好跟他們談的。」千年之前的精靈，似乎比千年之後更容易談事情，他知道他們不想吵架、不想紛爭，除非逼不得已，要不然他們是不會採取非常手段的。

雪花滿意的露出微笑，她身上的亮麗光彩，就如同沐浴在愛情中，接受愛情的洗禮，始終閃爍著非比尋常的光芒。

「我們終於……可以在一起了。」她嘆息著。

初平摟住了她，沒有言語。此刻的他已不需要語言，就可以心靈相通，那滿滿的、帶著喜悅的心靈，正和雪花交會著。

※　※　※

人界　千年後

「媽，我的網球拍呢？」紀佳純為了明天的體育課，現在正在準備明天的球具。

「不是應該妳自己收嗎？」

「哎呀！我忘了我放在哪裡了嘛！媽，妳幫我找一下嘛！黃姨，妳有沒有看到我的網球拍？」紀佳純轉向黃姨撒嬌，黃姨笑吟吟的道：

「上次我看小姐放在客廳，以為妳不用了，就先把它收到二樓的倉庫了。」

「謝謝黃姨。」

尾曲

紀佳純蹦蹦跳跳的跑到二樓，打開倉庫，很快就發現她的網球拍就在門邊的角落，她拿起來後要出去，卻又轉過頭來。

這裡……好像曾經是誰的房間？

好像她常來……

哈！怎麼可能！她是家裡的獨生女，爸媽就生她這麼一個女兒，怎麼可能還有其他人存在？

她拿著網球拍跑了出去，將這件事拋諸腦後。

就如同其他的空間，也遺忘在人類的腦海裡。

電子書購買

國家圖書館出版品預行編目資料

愛在雪花飄揚時 / 梅洛琳著 . -- 第一版 . -- 臺北市 : 崧燁文化事業有限公司 , 2021.12
面 ;　公分
POD 版
ISBN 978-986-516-961-9(平裝)
863.57　110019597

愛在雪花飄揚時

臉書

作　　者：梅洛琳
發 行 人：黃振庭
出 版 者：崧燁文化事業有限公司
發 行 者：崧燁文化事業有限公司

E-mail：sonbookservice@gmail.com
粉 絲 頁：https://www.facebook.com/sonbookss/
網　　址：https://sonbook.net/
地　　址：台北市中正區重慶南路一段六十一號八樓 815 室
Rm. 815, 8F., No.61, Sec. 1, Chongqing S. Rd., Zhongzheng Dist., Taipei City 100, Taiwan (R.O.C)
電　　話：(02)2370-3310　　**傳　　真**：(02) 2388-1990

印　　刷：京峯彩色印刷有限公司（京峰數位）

定　　價：280 元
發行日期：2021 年 12 月第一版
◎本書以 POD 印製